CHUNQIU JI

春秋集

春卷

黄惠波　著

華中师範大学出版社
CENTRAL CHINA NORMAL UNIVERSITY PRESS

新出图证（鄂）字10号

图书在版编目（CIP）数据

春秋集：春、秋卷／黄惠波著．—武汉：华中师范大学出版社，2020.12
ISBN 978-7-5622-9287-6

Ⅰ．①春…　Ⅱ．①黄…　Ⅲ．①诗集—中国—当代　Ⅳ．①I227

中国版本图书馆CIP数据核字（2020）第271837号

春秋集：春、秋卷
© 黄惠波　著

责任编辑：肖绪旭　张忠　　责任校对：肖阳　　封面设计：钟清
编 辑 室：综合编辑室　　电　话：027-67867370
出版发行：华中师范大学出版社有限责任公司
社　址：湖北省武汉市洪山区珞喻路152号　　邮　编：430079
销售电话：027-67863426（发行部）　　传　真：027-67863291
网　址：http://press.ccnu.edu.cn　　电子邮箱：press@mail.ccnu.edu.cn
印　刷：湖北新华印务有限公司　　督　印：刘敏
开　本：889 mm×1194 mm 1/32　　总印张：15
版　次：2020年12月第1版　　印　次：2020年12月第1次印刷
总 字 数：275千字　　总 定 价：80.00元（两卷）

欢迎上网查询、购书

目录

《春秋集》总序

2020 年 1 月 24 日，除夕之夜。晚饭后我像往年除夕夜一样从家里漫步到龙城广场，这个快乐的好习惯我已坚持十几年了。但今年殊异，因为 COVID-19，街上极度冷清，空气中弥漫着失落和未知。

在这个特殊之夜，一路上我想了很多，从龙城广场想到地球村，从我的家人朋友想到我的同类。我的思绪不能自已，仿佛水库的闸门被打开，浩荡的静水奔涌而出。《假如我是风雨雷电——在“COVID-19”的日子里》就这样在除夕之夜孕育了！从正月初二开始，我们按下了全年忙碌的“快速键”。虽然忙，但诗神伴着我。忘不了 2 月 8 日元宵节，天寒地冻中，半夜 12 点我们在卡口工作，回到宿舍后至凌晨 3 点我在冷颤中写下的那些滚烫的诗句。3 月 6 日，初稿；4 月 8 日，定稿。当 4 月 8 日晚上我一口气把近 1600 行的长诗朗诵一遍至最后第 108 节时，感觉比 2015 年 10 月我在内蒙古阿拉善盟额济纳旗达来呼步镇一气写下的后来获得第五届“《中国作家》郭沫若诗歌奖”的 500 行长诗《胡杨·秋问》还要荡气回肠！7 月初，《深圳文学》杂志以“主编推荐”推出全诗，附上了评论家于爱成博士的长篇评论文章。随后，《深圳特区报》《深圳商报》《香港商报》乃至华文作家网、西南文学网等境内外媒体先后转发了该诗，其中，7 月 18 日中午《深圳全接触》栏目以“这首诗，让匆匆的你慢下脚步”为题介绍了该诗，一个下午点击量就达“10 万 +”。至此，“风雨雷电”降临人间，这就是《春秋集·春卷》。

4 月 10 日深夜，我在小书房里翻阅我订阅的香港《东方日报》，其中 A17 版赫然映入眼帘，整版介绍了全世界新冠肺炎疫情，并把各国染病和死亡人数从高到低列表排名！在这个静夜，我平静的心突然狂跳！地球村有恙，谁能独善其身？！当年周游列国的情景一幕幕呈现。我强烈感觉到我可以且应该做点什么，于是我去买了三张《世界地图》……直到 2020 年 11 月，由 211 首小诗组成的《假如我必须选择你——在后“COVID-19”的日子里》也降生了，这就是《春秋集·秋卷》。

感谢于爱成博士为“春卷”撰写了长篇评论。

感谢高中地理高级教师罗明军老师和历史高级教师曹雪梅老师为“秋卷”校订关于地理和历史方面的内容。

感谢聘我为校外研究生（硕士）导师的华中师范大学玉成此事，联系校出版社出版这部《春秋集》。

总有人问我：这么忙，还有时间写诗？我认真地回答：我不是一个“写”诗的人。问者摇头！我又严肃地回答：我写诗不需要时间。又摇头！于是我诙谐地说：你见过一个育龄妇女因为忙而耽误怀孕生子吗？终于有人将信将疑地点头。其实对于诗人来说，问题不在于他有没有时间，而在于他心里有没有诗！

犹如这个注定令人无法忘怀的 2020 年，多少人在双倍地忙碌着，我只是在双倍忙碌中还生了一对“双胞胎”而已。

假如我是风雨雷电

——在“COVID-19”的日子里

题记

此诗作于难忘的2020年春天，当新冠肺炎肆虐中华大地和世界多国之时，“苍白，潮红，疫疠摧残的落叶无数”（雪莱）；此诗不会催人泪下，因为“我看到眼睛，但未看到泪水，这是我的苦难”（艾略特）。或许将来我将后悔于写下此诗的愚蠢，但这个春天我无法自已；或许此刻我只有苍白的一句：我多么爱你，人类！

在历经劫波亿万年后
此刻，我伫立旷野
又一个落日黄昏
又一次苍凉回眸
又一只苍鹰掠过苍穹
又一次露出自豪笑容
一切仿佛鸿蒙之中
啊，世界渺小、大地丰收
而我——风雨雷电
与汝酣然入梦

1.

一

2.

假如我是风
我将坚守于老宅屋顶
让远方的游子看见故园的炊烟
假如我是雨
故园干裂的土地就是我的归宿
我愿人们看见沙漠里也有梦幻神奇
假如我是雷
我会执着地敲开春天的大门
对她说快去人间快去人间
假如我是电
我将带着通体透明的光艳
哪怕我带着微笑焚烧全身
啊！我多么爱你，人类

二

假如我是风
在幸福的人们醒来之前
我会把尘世梳理一遍
假如我是雨
我并不认识阳光下的车水马龙
我只顾默默滋润尘世的气息
假如我是雷
我会在黄昏时分躲进我的宫殿
不去叨扰尘世间温馨的合家团圆
假如我是电
我会通宵达旦坚守岗位
在尘世需要我时随时出现
我自由地徜徉于尘世人间
啊！我多么爱你，人类

3.

4.

假如我是风
我应是初春的那一缕
吹开所有沉睡的心田
假如我是雨
我应是盛夏的那一滴
唤醒所有焦躁的魂灵
假如我是雷
我应是暮秋的那一片金黄
敲碎我骨子里的枯枝败叶
假如我是电
我应是严冬的那一道翠绿
把我胸口的积雪融化成潺潺小溪
欢快的小溪绕行于一个个村庄
啊！我多么爱你，人类

假如我是风
我愿是一阵狂风
将危害和平的刀枪剑戟收拢
假如我是雨
我愿是一场暴雨
将戕害善良的坑蒙拐骗荡涤
假如我是雷
我愿是一声炸雷
让祸害人间的魑魅魍魉销声匿迹
假如我是电
我愿是一簇闪电
让贻害世界的鬼怪瘟神无处遁形
还人间一个朗朗乾坤吧
啊！我多么爱你，人类

5.

6.

假如我是风
我也必须是一道落山风
我要向世界倾诉我的凄厉
假如我是雨
我也必须是一场台风雨
我要向世界宣示我的浩荡迷离
假如我是雷
我也必须是一团风火雷
风仗火势火借风威
假如我是电
我也必须是一片霹雳电
上天入地睥睨苍穹
而面带笑容驻守人间
啊！我多么爱你，人类

假如我是风
我更愿是一缕清风
从村口一群玩耍的小孩中间穿过
假如我是雨
我更愿是一丝细雨
从村头小学教室的窗口飘过
假如我是雷
我更愿意把它含在嘴里
让历史老人听见我不停的叹息
假如我是电
我更愿意四处飘零
我将在飘零中结交四海兄弟
啊！我多么爱你，人类

7.

8.

假如我是风
我会蹲守在有情人必经的窄窄山道上
轻轻地摇动一朵小山花
假如我是雨
我会飘洒在有情人必经的沙石村道上
决不让恼人的尘埃轻轻飏起
假如我是雷
我会埋伏在有情人必经的悬崖峭壁旁
随时准备炸开挡路的屏障
并以我热烈的轰鸣为其壮胆
假如我是电
我会逡巡在有情人必经的那片荒原上
时刻准备在夜里照亮未知的前方
直至前方出现人间的灯火辉煌
啊！我多么爱你，人类

假如我是风
请不必羡慕我的自由
所有自由都有不自由的约定
假如我是雨
请不要误解为何我只往低处流
尊贵的生命都在于低处更低处
假如我是雷
请不要嫉妒我一鸣惊人
谁见过我爆发前长久的沉默
假如我是电
请不要嘲笑我一闪而过
那是我全部生命的奋力一搏
犹如烈士在危难中舍生取义视死如归
啊！我多么爱你，人类

9.

10.

假如我是风啊
我会去北冰洋做客
再到南极洲探亲
把健康的空气带回亚非欧拉丁美
假如我是雨啊
我会问问五千年前的雨
是否与现在的我一个模样
在人间传播仁爱
假如我是雷啊
我会告诉你在这个星球之外
还有许多我的姐妹兄弟
他们的使命是杀死瘟疫
假如我是电啊
你应该知道我的名字叫电母
我最亲密的伙伴是雷公
我们都是一团火噢
我们的职责是灭难消灾
如今人间的寺庙还将我俩供奉
啊！我多么爱你，人类

假如我是风
我不能告诉你人间的秘密
所有的秘密你自己探寻
假如我是雨
我不能告诉你我为何凝结成冰
所有的缘由你自己探究
假如我是雷
我不能告诉你我在恨着谁
我只能告诉你我在呵护谁
假如我是电
我不能告诉你何以我死而复生
我只能告诉你只有消亡才得永生
犹如人生百年却生生不息
啊！我多么爱你，人类

11.

12.

假如我是风
我只愿迷失于大海边
迷失于荒原和高山之巅
假如我是雨
我只愿陶醉于大海边
陶醉于荒原和高山之巅
假如我是雷
我只愿歌唱于大海边
歌唱于荒原和高山之巅
假如我是电
我只愿起舞于大海边
起舞于荒原和高山之巅
身如高山心胜海
坦坦荡荡似荒原
啊！我多么爱你，人类

假如我是风
我将冲破十八层云雾
直至我看到天上的街市
假如我是雨
我将滴穿十八层地底
直至我看到矿里的黄金
假如我是雷
我将炸碎十八层铁锁
直至我捧出锁里的良心
假如我是电
我将烧开十八道心门
直至我找到人心的悲悯
啊！我多么爱你，人类

13.

14.

假如我是风
当正义之火将烬之时
我将鼓而吹之
假如我是雨
当欲望之焰升腾之时
我将浇而灭之
假如我是雷
当真理之光黯淡之时
我将启而发之
假如我是电
当邪恶之花萌芽之时
我将埋而葬之
每当我与太阳并肩而立
我就会深情地望着人间
啊！我多么爱你，人类

假如我是风啊
风就是奔腾的骏马
假如我是雨啊
雨就是自由的激流
假如我是雷啊
雷就是咚咚的鼓点
假如我是电啊
电就是猎猎的旌旗
谁能横刀立马
谁能自由歌唱
谁能击鼓扬威
谁能摇旗呐喊
啊！我多么爱你，人类

15.

16.

假如我是风
风是不会衰老的
假如我是雨
雨是永远年青的
假如我是雷
雷是百毒不侵的
假如我是电
电是永垂不朽的
所有恶毒的诅咒和腐朽
都只能得到我的消灭和唾弃
无论朝霞满天抑或夕阳西沉
美丽啊，白首老翁与垂髫孩童
啊！我多么爱你，人类

三

假如我不是风
那我就是地底的一股气
忍着忍着就冲腾了
假如我不是雨
那我就是天上的一掬泪
忍着忍着就滴落了
假如我不是雷
那我就是胸口的一只虎
忍着忍着就吼叫了
假如我不是电
那我就是心里的一首歌
忍着忍着就出窍了
我就是人间的喜怒哀乐呀
啊！我多么爱你，人类

17.

18.

假如我不是风
为何从武当山金殿之头顶掠过
假如我不是雨
为何从呜咽的长江胸前漂过
假如我不是雷
为何在美丽的维多利亚港上空怒喝
假如我不是电
为何在高贵的“钻石公主”▲身旁巍峨
(世界顶级豪华邮轮之一)
当魔鬼肆虐，重如泰山的生命啊
此刻竟托付一枚口罩支撑
啊！我多么爱你，人类

假如我不是风
我该怎样感恩这个世界
是它让我无处不在无时不有
假如我不是雨
我该怎样讴歌这个天地
是它让我来有所靠去有所依
假如我不是雷
我该怎样参拜宇宙苍穹
是它宽广的胸怀包容我的狂放不羁
假如我不是电
我该怎样怀念造化慈悲
是它为了我的闪亮永远保持着迷迷离离
迷迷离离的世界多像迷迷蒙蒙的人生
啊！我多么爱你，人类

19.

20.

假如我不是风
昏睡的天空将何以苏醒
假如我不是雨
浑浊的大地将何以清丽
假如我不是雷
沉默的真理将何以呈现
假如我不是电
沉重的黑暗将何以刺穿
多么庆幸昏睡的世界终有清醒之人
啊！我多么爱你，人类

假如我不是风
春天希望的种子如何播下
夏日劳动的号子如何传送
秋来丰收的黄叶如何飘落你的眼前
冬至欢舞的雪花如何融化你的心田

假如我不是雨
东海的日出将会多么失落
西山的日落将会多么寂寞
南方的小鸟如何唱出示爱的歌谣
北国的骏马如何抒写草原的辽阔

假如我不是雷
谁为拓荒者开路
谁为战斗者助威
谁为胜利者振臂欢呼
谁为失意者鸣冤叫屈

21.

假如我不是电
迷迷蒙蒙的世界谁去破译
踉踉跄跄的人间孰死孰生
谁去消灭鬼魅的地狱之火
谁去点亮清朗的天堂之灯

那是人间的智慧之眼哟
啊！我多么爱你，人类

假如我不是风
谁能让雄鹰逆风飞翔
假如我不是雨
谁能让勇士跋涉前行
假如我不是雷
谁能为失败者鼓足勇气
假如我不是电
谁能为迷惘者指点迷津
哪一只雄鹰不曾是失败者哟
哪一个勇士不曾是迷惘之人
啊——飞翔吧骄傲的雄鹰
啊——前行吧悲壮的勇士
只有尘世才是你们的乐土
啊！我多么爱你，人类

22.

23.

假如我不是风，假如我不是风哟
谁知道夜幕里还有多少人在辛勤劳作
谁知道夜空中还有多少星在踽踽独行
假如我不是雨，假如我不是雨哟
谁明白坚强的汉子为何痛哭号啕
谁明白善良的女人为何涕泪涟涟
假如我不是雷，假如我不是雷哟
谁清楚昨夜究竟有多漫长
谁清楚明日究竟有多遥远
假如我不是电，假如我不是电哟
谁能预知天使和真理会在何时降临
谁能预知魔鬼与瘟神会在何时出现
看吧——
天使和真理的门口有勇士守卫
魔鬼与瘟神的半路有烈士恭候
啊！我多么爱你，人类

假如我不是风
啊——不是风哦
难道你没有闻到花的清香
假如我不是雨
啊——不是雨哦
难道你没有感到心的清凉
假如我不是雷
啊——不是雷哦
难道你没有听到远古的清唱
假如我不是电
啊——不是电哦
不是电啊——
难道你没有看见正义
它瘦长而明亮的清影
在斑斓的夕晖中远去
啊！我多么爱你，人类

24.

25.

假如我不是风
我怎会疲惫地问自己
你将在什么时候静止
假如我不是雨
我怎会疲惫地问自己
你将在什么时候凝固
假如我不是雷
我怎会疲惫地问自己
你将在什么时候偃旗息鼓
假如我不是电
我怎会疲惫地问自己
你将在什么时候销声匿迹
请看吧——
眼前的雷神山▲火神山▲都是我的前生
（收治重症患者医院）
而谁的今世就是方舱▲中那个妇人怀里的婴儿
（收治轻症患者医院）
啊！我多么爱你，人类

假如我不是风
你是否会问我是谁
我是亿万年前的风啊
假如我不是雨
你是否会问我是谁
我是亿万年前的雨啊
假如我不是雷
你是否会问我是谁
我还是亿万年后的雷哟
假如我不是电
你是否会问我是谁
我还是亿万年后的电哟
亿万年观沧海桑田无生无灭
自从邂逅人间从此有了人性
啊！我多么爱你，人类

26.

四

27.

谁说我不是风
垂杨柳会告诉你我的形象
沙尘暴也会告诫你我的嘴脸
谁说我不是雨
小鱼儿会告诉你我的喜悦
泥石流也会告诫你我的忧伤
谁说我不是雷
高山会告诉你我的快活
大海也会告诫你我的愤怒
谁说我不是电
远方会告诉你我的柔弱
眼前也会告诫你我的刚强
我是人类的另一副模样哟
啊！我多么爱你，人类

谁说我不是风
请你用心聆听吧
风中有古往今来英雄豪杰的名字
谁说我不是雨
请你仔细端详吧
雨里有你魂牵梦萦的理想家园
谁说我不是雷
只要你填上歌词
就是一首激越的进行曲
谁说我不是电
只要你闭目想起
就能感受生死之间令人怦然的爱意
为何爱意只愿在有情的尘世间留连
啊！我多么爱你，人类

28.

29.

谁说我不是风
你是否看见一个
披荆斩棘的清道夫
正在为后来者蹚开一条条血路
谁说我不是雨
你是否看见一个
不知疲倦的先行者
正在为后来者种下一片片杏林
谁说我不是雷
你是否看见一个
振聋发聩的预言家
正在为后来者准备百千个锦囊
谁说我不是电
你是否看见一个
慈悲为怀的苦行僧
正匆匆疾行于旷野中
为苦难人间寻觅良方
啊！我多么爱你，人类

谁说我不是风啊
我漂泊异域他乡却执着地寻找故国故园
需不需要手搭凉棚
谁说我不是雨啊
我流浪江湖却心系枫桥夜泊
需不需要自备缰绳
谁说我不是雷啊
我轰轰烈烈却生怕伤了村头老树
需不需要免死金牌
谁说我不是电啊
我纵横驰骋却总惦记着老宅屋檐
需不需要立字为证
老宅屋檐哟连着每个人的前世来生
啊！我多么爱你，人类

30.

31.

谁说我不是风
明知前途险阻路不平
却从没想过裹足不前
谁说我不是雨
流淌了多少汗水多少泪
却从不屑说什么负重前行
谁说我不是雷
炸开多少堡垒敲碎多少顽石
却习惯于庆功宴上默不作声
谁说我不是电
冲破多少屏障撕裂多少黑暗
却从不知道什么叫奉献
我以人类为师人类却不以我为荣
而我日夜煎熬只为留守在人间
啊！我多么爱你，人类

谁说我不是风啊
这就是我的初心：
“大风起于青蘋之末”
（战国宋玉《风赋》句）
谁说我不是雨啊
这就是我的行动：
“随风潜入夜，润物细无声”
（唐代杜甫《春夜喜雨》句）
谁说我不是雷啊
这就是我的奋斗：
“九州生气恃风雷”
（清代龚自珍《己亥杂诗》句）
谁说我不是电啊
这就是我的抉择：
“电行半空如狂矢”
（宋代陆游《中夜闻大雷雨》句）
啊——风啊
哪一颗初心不是起于青蘋之末
哪一个善念不是缘于人间悲歌
啊！我多么爱你，人类

32.

33.

谁说我不是风
我为这个世界保守秘密
又揭露这个世界的真相
谁说我不是雨
试问这世上谁比我笑得更灿烂
又有谁比我哭得更忧伤
谁说我不是雷
爆发时天崩地裂
沉默时地久天长
谁说我不是电
当我完整地破碎
我就在破碎中完美
犹如苦难之后喜从天降
啊！我多么爱你，人类

谁说我不是风啊
莫非你看到林子里迷雾还未消散
抑或墓碑上的泪痕不干
谁说我不是雨啊
莫非你看到慈悲的小溪干涸
抑或仁爱的草原枯黄
谁说我不是雷啊
莫非你看到霸凌在和平路上施暴
抑或正义正在向邪恶投降
谁说我不是电啊
莫非你看到世界失去了方向
抑或人类在迷蒙的十字路口彷徨
不知山有虎只向虎山行
啊！我多么爱你，人类

34.

35.

谁说我不是风啊
即使我身居陋室
我也心忧天下
谁说我不是雨啊
即使我藏身于沟壑小溪
我也向往大江大洋
谁说我不是雷啊
即使我已经无力呐喊狂奔
我也会在心里念兹在兹
谁说我不是电啊
即使我被禁锢于铜墙铁壁
我也会在黑暗中尽情燃烧自己
犹如尘世人间寒夜雪地里
那一堆不死的篝火
啊！我多么爱你，人类

谁说我不是风
我会向那些在风中伫立的人们敬礼
他们坚毅的眼眸可以穿透历史
谁说我不是雨
我会在烟雨迷蒙里叩问历史
那些荡气回肠的兴亡更替
谁说我不是雷
我不惜于漫漫长夜里毁灭自己
只为在黎明前撕开黑幕让鲜红的太阳冉冉升起
谁说我不是电
我不惜于自己鲜活的生命死去复死去
只愿看到崇高的理想在人间美若云霓
啊！我多么爱你，人类

36.

37.

谁说我不是风
我追求我的自由
让非议者非议去吧
谁说我不是雨
我歌唱我的慈悲
让非难者非难去吧
谁说我不是雷
我为正义鸣锣开道
让嫉妒者嫉妒去吧
谁说我不是电
我为真理欢呼起舞
让诽谤者诽谤去吧
哪怕神仙与魔鬼在人间济济一堂
啊！我多么爱你，人类

谁说我不是风
风卷残云——
我心灵之天空未见纤尘
谁说我不是雨
雨润万物——
我柔韧的慈悲绵绵不绝
谁说我不是雷
雷霆万钧——
我正义之力量不可战胜
谁说我不是电
电光石火——
我理想之熔炉永不熄冷
哪怕瘟神一次次吞没鲜活生命
只要人心永远埋着不灭之火种
啊！我多么爱你，人类

38.

五

39.

我就是风啊
我来自波平如镜的水面
也来自峰峦叠嶂的谷底
我就是风啊
清凉是我的初心
冷漠是我的叛逆
我就是风啊
我柔弱如飘絮
又刚韧似剑戟

我就是雨啊
我在春夏结伴而来
又在秋冬不期而至
我就是雨啊
我温婉则沁人心脾
我决绝则伤人骨髓
我就是雨啊
着急时我敲万家之门
更多时我选择来去无踪

我就是雷啊
人知我时常携风带雨
却不知我更常孤军奋战于远方
我就是雷啊
人知我无法召之即来
却不知我每次莅临都历经劫难
我就是雷啊
人知我有一张狰狞面孔
却不知我更有一副菩萨心肠

我就是电啊
只因我四海为家
于是我无家可归
我就是电啊
只因我行侠仗义
于是我遍体鳞伤
我就是电啊
只因我通体光明
于是我注定魂归黑暗

人类何时屈从过黑暗
啊！我多么爱你，人类

40.

我就是风啊
我一直都在寻觅
我就是雨啊
我一直都在追忆
我就是雷啊
我一直都在呐喊
我就是电啊
我一直都不离不弃
所有的追忆都为了寻觅
所有的呐喊都因不离不弃
啊！我多么爱你，人类

我就是风啊
生于混沌发于鸿蒙
养就一团正气在人间
我就是雨啊
从疏落到急骤，从迷蒙到倾盆
却把忠奸善恶辨个分明
我就是雷啊
从远方到眼前，从沉闷到轰鸣
悲欢离合了然于胸
我就是电啊
来有形迹去无踪影
生离死别一一诉尽
啊！我多么爱你，人类

41.

42.

我就是风啊
风起处柔柔弱弱
那是我对生命的叹息
我就是雨啊
雨歇处蓬蓬勃勃
那是生命对我展示的坚毅

我就是雷啊
雷鸣处轰轰烈烈
那是我对生命的警醒
我就是电啊
电闪处生生灭灭
那是生命对我永恒的承诺

一生一世只为一个承诺
啊！我多么爱你，人类

我就是风啊
所有疲劳的气息都不是我
我就是雨啊
所有肮脏的流动都不是我
我就是雷啊
所有恐怖的声音都不是我
我就是电啊
所有纷乱的脚步都不是我
夜深人静，魔鬼的声音从远处传来
多少柔弱英雄把妖孽挡在尘世之外
啊！我多么爱你，人类

43.

44.

我就是风啊
但我的风与所有风不同
我只是我自己的风哦
但我自己的风唯独不属于我自己

我就是雨啊
但我的雨与所有雨不同
我只是我自己的雨哦
但我自己的雨唯独不属于我自己

我就是雷啊
但我的雷与所有雷不同
我只是我自己的雷哦
但我自己的雷唯独不属于我自己

我就是电啊
但我的电与所有电不同
我只是我自己的电哦
但我自己的电唯独不属于我自己

我就是我啊
但我的我与所有的我不同
我只是我自己的我哦
但我的我唯独不属于我自己

“世界受伤了，人类会好吗”
试问天下还有何种生灵若是
啊！我多么爱你，人类

45.

我就是风啊
我安抚人间的哀伤
又分享他们的欢畅
我就是雨啊
我诉说动人的故事
且抒写婉转柔肠
我就是雷啊
我偷来天外的秘诀
大声地告诫人类
我就是电啊
我窃来宇宙的金钥匙
一次次开启神秘的尘世之门
但见——
大地高低不平而众生平等
众生平等而高矮呈现
啊！我多么爱你，人类

我就是风啊
世人永远分不清
我的愤怒与呜咽
我就是雨啊
世人永远辨不明
我的决绝与柔情
我就是雷啊
世人永远听不懂
我的无助与呐喊
我就是电啊
世人永远看不见
我的孤单与飘零
多少神圣之士独自行走于刀丛火海中
啊！我多么爱你，人类

46.

47.

我就是风啊
即使阅尽了人间春色
我依然钟情于到处流浪
我就是雨啊
即使尝遍了世道沧桑
我依然品味着苦中之甜
我就是雷啊
即使我呼风唤雨于苍穹
我依然形单影只独守苍凉
我就是电啊
即使我出神入化于天地
我依然慎终如始筚路蓝缕
啊！我多么爱你，人类

我就是风啊
我美好的人间
我的无形胜过我的存在
我就是雨啊
我美好的人间
我的顽强胜过我的悲哀
我就是雷啊
我美好的人间
你看见了瞬间还是永恒
我就是电啊
我美好的人间
你是否在黑暗中越见我的光芒
啊！我多么爱你，人类

48.

49.

啊——

我就是风啊

我本翻江倒海

是谁在飘摇中伫立

我就是雨啊

我本泥沙俱下

是谁在泥泞里跋涉

我就是雷啊

我本主宰死生

是谁在山之巅狂笑

我就是电啊

我本升天入地

是谁在屋檐下睥睨

但见睥睨者在屋檐下抽着旱烟

啊！我多么爱你，人类

我就是风啊
我本无声
是谁听到了呼呼猎猎
我就是雨啊
我本无声
是谁听到了淅淅沥沥
我就是雷啊
我本无声
是谁听到了轰轰隆隆
我就是电啊
我本无声
是谁听到了霹霹雳雳
是人是人是人是人哟
啊！我多么爱你，人类

50.

51.

看吧，这就是我
我就是风啊
我终于沉默了
那是暴风眼的沉默
看吧，这就是我
我就是雨啊
我终于停歇了
那是倾决前的停歇
看吧，这就是我
我就是雷啊
我终于嘶哑了
那是大悲无言的嘶哑噢
看吧，这就是我
我就是电啊
我终于倒下了
那是翻江倒海的踉跄啊
即使我倒下了，我也会慈祥地望着你
啊！我多么爱你，人类

我就是风啊
我是宇宙之呼吸
我就是雨啊
我是宇宙之血脉
我就是雷啊
我是宇宙之喉舌
我就是电啊
我是宇宙之眼眸
此刻我的眼前啊
静默的街道，孤苦的街灯
啊！我多么爱你，人类

52.

53.

我就是风啊
我的风在眼眸里生成
我就是雨啊
我的雨在我心尖改变
我就是雷啊
我的雷埋藏于我的胸前
我就是电啊
我的电在我的身后催我奋进
犹如儿时乡村老师的教鞭
啊！我多么爱你，人类

我就是风啊
风即是虚，虚即是实
我就是雨啊
雨即是实，实即是虚
我就是雷啊
雷即是玄，玄即是真
我就是电啊
电即是真，真即是玄
我就是虚实玄真啊
但虚实玄真又是什么
亘古以往，继往开来
所有的穷困荣华疾病健康
所有的天地玄黄宇宙洪荒
除了我——风雨雷电
啊不，此刻
我是人间的心潮激荡哟
啊！我多么爱你，人类

54.

六

55.

假如我是风雨雷电
风啊——就是我的故乡
雨啊——就是我的田园
雷啊——就是我的果实
电啊——就是我的炊烟
请原谅我语无伦次
啊！我多么爱你，人类

假如我是风雨雷电
风啊——就是我的笑脸
雨啊——就是我的笑颜
雷啊——就是我的笑语
电啊——就是我的笑影
请原谅我手足无措
啊！我多么爱你，人类

56.

57.

假如我是风雨雷电
风啊——就是我的愤怒
雨啊——就是我的悲悯
雷啊——就是我的抗争
电啊——就是我的牺牲
我带着滴血的伤口逡巡人间
在这个2020年春天
在COVID-19的日子里
我看到眼睛，但未看到泪水
惊见血泪，我突然
像人一样觉得心碎，心碎
啊！我多么爱你，人类

假如我是风雨雷电
风啊——就是我的胸怀
雨啊——就是我的性格
雷啊——就是我的意志
电啊——电啊
就是我的品质
就是我闪烁的青春
就是我因牺牲而越显高贵的生命
我要把生命献给人类栖身的大地
啊！我多么爱你，人类

58.

59.

假如我是风雨雷电
那么风啊
所有的燃烧都是我的燃烧
假如我是风雨雷电
那么雨啊
所有的富饶都是我的富饶
假如我是风雨雷电
那么雷啊
所有的号角都是我的号角
假如我是风雨雷电
那么电啊
所有的自豪都是我的自豪
我所有的自豪都属于我眷恋的人类
啊！我多么爱你，人类

假如我是风雨雷电
请你在某一个月黑风高的夜晚
或者某一个细雨霏霏的清晨
抑或某一个雷电交加的午后
又抑或某一个电闪雷鸣的黄昏
假如你真诚地凝望着我
你将听到我坚定的声音
“这就是苦难，这就是辉煌”
而人间的所有岁月
在我的眼里
也只是千年一瞬
即使转瞬即逝
我也会目不转睛地守着你
啊！我多么爱你，人类

60.

61.

假如我是风雨雷电啊
疾病——你给我滚开
我要迎接健康降临
假如我是风雨雷电啊
愚昧——你给我滚开
我要迎接智慧降临
假如我是风雨雷电啊
自私——你给我滚开
我要迎接悲悯降临
假如我是风雨雷电啊
猜疑——你给我滚开
我要迎接信任降临
假如我是风雨雷电啊
妒忌——你给我滚开
我要迎接爱慕降临
假如我是风雨雷电啊
伪善——你给我滚开
我要迎接纯真降临
假如我是风雨雷电啊
奸诈——你给我滚开

我要迎接正直降临
假如我是风雨雷电啊
邪恶——你给我滚开
我要迎接正义降临
假如我是风雨雷电啊
荒谬——你给我滚开
我要迎接真理降临
假如我是风雨雷电啊
强权——你给我滚开
我要迎接卑微降临
假如我是风雨雷电啊
傲慢——你给我滚开
我要迎接谦卑降临
假如我是风雨雷电啊
偏见——你给我滚开
我要迎接公正降临
假如我是风雨雷电啊
丑陋——你给我滚开
我要迎接美好降临
寡廉鲜耻的世界
多灾多难的人类
啊！我多么爱你，人类

62.

假如我是风雨雷电
我怎去驱散我的妖魔
每个人身上都有一群妖魔
在眼里耳旁脚下心中……
深藏不露伺机出没
多少人以魔为仙浑然不觉
如我如你如他乎
我眼看着神与魔在天地间出没
我眼看正与邪在我的胸口抉择
啊，风雨雷电——让我去
驱走所有人心中的妖魔
让朗朗乾坤永远驻守人间
啊！我多么爱你，人类

假如我是风雨雷电
我必须是恬静的和活泼的
我必须是深思的和激烈的
我必须是咆哮的和窃语的
我必须是怦然的和訇然的
我必须是雄浑的和清冽的
我必须是短促的和悠长的
我必须是高亢的和浅唱的
我必须是快乐的和忧伤的
我必须是寒冷的和炽热的
我必须是明亮的和阴暗的
我必须是巨大的和纤弱的
我必须是素朴的和孤高的
我必须是简单的和复杂的
我必须是汹涌的和干裂的
我必须是柔软的和坚硬的
我必须是笔直的和弯曲的
我必须是圆融的和方正的
我必须是纯色的和多彩的
人间之所有都是我的挚爱
啊！我多么爱你，人类

63.

64.

假如我是风雨雷电
我还必须是弱小的和强大的
我还必须是有数的和无限的
我还必须是有始的和无终的
我还必须是恬淡的和悲壮的
我还必须是忍让的和战斗的
我所有所有的战斗啊
都是为了止息战斗
我剖开大地宽厚的胸膛
抱起血淋淋的和平之婴
和平之婴发出了清脆的啼哭
让所有病痛和不幸从此远离人间
啊！我多么爱你，人类

假如我是风雨雷电
啊——风哦
所有所有的风雨雷电啊
我要问无尽无穷的时空
你是否看清了我的容颜
所有所有的风雨雷电啊
我要问无边无际的苍穹
你是否记住了我的思念
我的风雨雷电风雨雷电啊
所有无穷无尽的时空
所有无边无际的苍穹
我所有存在之意义哟只在人间
啊！我多么爱你，人类

65.

七

66.

假如我不是风雨雷电
我是否应该是一座高山
我是否应该是一片草原
我是否应该是一汪秋水
我是否应该是一泓深潭
假如我不是风雨雷电
我是否应该是一块石头
我是否应该是一丝嫩苗
我把所有石头制成药石
我的嫩苗都是旷世良药
假如我不是风雨雷电
我是否应该是一声叹息
我是否应该是一个念想
一切的一切都在对我诉说着
一个尘世的念想
多么美丽而遥远的尘世念想哟
啊！我多么爱你，人类

假如我不是风雨雷电
婴儿如何啼哭
少年如何欢呼
青壮如何日出而作
老者如何日落而息
假如我不是风雨雷电
鸟儿如何做窝
花香如何传播
尘世的日子哟如何踌躇
人间的岁月哟如何蹉跎
啊！我多么爱你，人类

67.

68.

假如我不是风雨雷电
大地将何以为生
田野将何以为生
稻花将何以为生
高粱将何以为生
大豆将何以为生
小麦将何以为生
高山将何以为生
森林将何以为生
草原将何以为生
江河将何以为生
湖海将何以为生
走兽将何以为生
飞禽将何以为生
而万物之灵将何以为生
啊！我多么爱你，人类

假如我不是风雨雷电
城堡又将如何
乡野又将如何
生命又将如何
灵魂又将如何
思想又将如何
理想又将如何
历史又将如何
废墟又将如何
真理又将如何
正义又将如何
所有关乎人间之如何
又将如之奈何
啊！我多么爱你，人类

69.

70.

假如我不是风雨雷电
谁能看得清沧海与桑田
谁能看得清腐朽与神奇
谁能看得清诞生与幻灭
谁能看得清消亡与永恒
假如我不是风雨雷电
谁能在假象中分辨真相
谁能在纷纭中分辨至简
谁能在坦途中分辨陷阱
谁能在暗夜中分辨曙光
当曙光冲破寒夜来临
你将见我在晨曦中宿泪未干
啊！我多么爱你，人类

假如我不是风雨雷电
谁能目睹江山老去
谁能证明光阴不死
谁能讴歌世界永恒
谁能宣誓宇宙不朽
假如我不是风雨雷电
谁能目睹生命老去
谁能证明青春不死
谁能讴歌爱情永恒
谁能宣誓精神不朽
但这一切于我又有何意义呢
在这2020年的春天
死亡陷阱密布人间
而我——从人间烟火走来
又毅然地向着烟火人间走去
啊！我多么爱你，人类

71.

72.

假如我不是风雨雷电
我怎知谁一横一竖惊天动地
谁又能一撇一捺动地惊天
假如我不是风雨雷电
我怎知谁执迷时惊天动地
谁又在暴怒时动地惊天
假如我不是风雨雷电
我怎知谁狂妄时惊天动地
谁又在悔恨时动地惊天
假如我不是风雨雷电
我怎知谁忍辱负重惊天动地
又怎知谁以德报怨动地惊天
在所有的惊天动地的故事里
胜利者总是那些殚精竭虑人
啊！我多么爱你，人类

假如我不是风雨雷电
我怎会看到
人类在未知的世界里执着前行
而情不自禁地为他们呐喊助威

假如我不是风雨雷电
我怎会看到
人类在与凶险搏斗中前仆后继
而情不自禁地对他们满怀悲悯

假如我不是风雨雷电
我怎会看到
人类在一意孤行地自毁前程
而情不自禁地为他们唏嘘泪流

73.

假如我不是风雨雷电
我怎会痛心地说——
人类啊，对你们施以致命一击者
只有你们自己

多少忠言逆耳被误为危言耸听
多少赴汤蹈火被视为白白牺牲
拯救人类者只有人类没有他者
啊！我多么爱你，人类

假如我不是风雨雷电
谁能让执迷的人类警醒
我欲消灭疫疠疾病
但我无法消除人之不幸
我洞悉四时天机
却只能替人类焦虑
人类是何等聪明绝顶
乃至亵渎自然天理
自然以惩罚的方式表达慈悲
这是多么悲壮之壮举
人类啊和我一起放声歌唱
但请先和我一起沉思默想
啊！我多么爱你，人类

74.

75.

假如我不是风雨雷电
我又怎会看到
在这个世界上
只有一种生灵
能把苦难熬成财富
相依为命的人类哟
当死亡横亘在每个人面前
有多少人为了挚爱和责任
他们面对未知怀着恐惧
而义无反顾地奔着死亡而去
假如有上帝，我倒想问问
这样的生灵
不值得你真诚护佑吗
啊！我多么爱你，人类

假如我不是风雨雷电
人世间哪来动人的声音
庙堂之余韵是风
送别之叮咛似雨
战斗的喊声若雷
挥不去的爱情如电
假如我不是风雨雷电
在人间我何来无穷之力
让我心感生命的皈依
啊！我多么爱你，人类

76.

八

77.

谁说我不是风雨雷电
我记住了这个星球的2020年
记住了这个无法忘却的春天
记住了中国中国中国
记住了意大利德意志法兰西
记住了日本韩国西班牙
记住了伊朗英国美利坚……
记住了这个星球所有的城市和村庄
记住了七十亿相貌堂堂的地球人
啊！我多么爱你，人类

谁说我不是风雨雷电
在所有人和非人的世界
还有谁比我更清楚
哪个天体最无情
哪颗星球最温馨
哪座高山最险峻
哪条河流最孤清
哪块石头最古老
哪片雪花最欢欣
高山上站着哪个采药者
河流里漂着哪个捕鱼郎
石头旁倚着哪个幽怨妇
雪花中走着哪个夜归人
啊！我多么爱你，人类

78.

79.

谁说我不是风雨雷电
没有人比我更知道来日方长
没有人比我更知道世事无常
我知道这个世界需要雄才大略
但我深知这世界更需古道热肠
我深知美好这个世界的
需要一种强大的力量
更需一副柔软的心肝
我游离于尘世之外
但有谁比我更知尘世苦甘
啊！我多么爱你，人类

谁说我不是风雨雷电
在这个尘世间
当幸福来临
抑或苦难突降
还有谁比我更明白
谁因我的灿烂而灿烂
谁因我的忧伤而忧伤
谁最是战战兢兢
谁最是从从容容
谁处心积虑伪君子
谁心底无私天地宽
谁在保佑天下太平
谁却唯恐天下不乱
谁以道德掩饰贪婪
谁用柔软抵御豪强
谁是谁的保姆
谁是谁的豺狼
谁尚良知未泯

80.

谁已五毒俱全
谁永远兴高采烈
谁早已意兴阑珊
谁只要富甲天下
谁却崇积德行善
谁深谙韬略狡兔三窟
谁天真浪漫心不设防
谁老谋深算步步为营
谁胸有成竹坦坦荡荡
谁表里如一风雨雷电
谁道貌岸然冷若冰霜
疾风知劲草沧海任横流
哪怕人有三六九等又何妨
啊！我多么爱你，人类

谁说我不是风雨雷电
我怀揣一颗悲悯心而来
我对这个世界忧心忡忡
但我从不讴歌悲伤
那是强者的懦夫行为
那是多么愚昧的善良
悲伤只用于祭奠而非用于歌唱
而今的歌唱却让我们难掩悲伤
猛抬头但见苍鹰掠过苍穹
仿佛听见千年前哲人之轻叹
“渐老多忧百事忙
天寒日短更心伤”
（北宋李觏《秋晚悲怀》句）
人间诗篇是否比尘世更加悠长
啊！我多么爱你，人类

81.

82.

谁说我不是风雨雷电
我看见苍穹之下
真理与谬误总是结伴而行
但见一个孤独的智者
伫立于旷野之上
其身后大雪纷飞
其眼前热浪扑面
在热浪与雪花交汇的头顶
智者的周遭笼罩着暗箭明枪
但闻命运之神大声呐喊——
智者啊！挺起你的胸膛
所有智慧之智慧是勇敢
但见智者仰起不屈之脸庞
而我分明看到孤独的泪光
智慧之光可融化千重雪山
啊！我多么爱你，人类

谁说我不是风雨雷电
我看见大地在瑟瑟发抖
大地啊何等辽阔
但你的坦荡哪里去了
漫天的飞雪啊
飞舞着漫天的谎言和箭镞
假如我轰然倒下
于谣言破灭之前
那么漫天的谎言啊
就是我死亡的葬歌
但我是勇敢的风雨雷电啊
我忍着剧烈的疼痛叫醒大地
大地啊，抖一抖你的雄姿吧
和我一起大声吼叫
让所有的谎言和箭镞
连同所有的疾病悲伤
统统万劫不复死于银河星汉
喜看男女老少玩耍于月下花前
大地啊，你可不能失信于人类
啊！我多么爱你，人类

84.

谁说我不是风雨雷电
且看时空茫茫阳光灿烂
要知道并非一切早有安排
聪明的人类啊
请不要妄自预测未来
既然嗷嗷然诞生于世
所有的未来都是现在
所有的现在都是未来
莫非坦坦荡荡和惴惴不安
就是人类无法逃脱的宿命沧桑
啊！我多么爱你，人类

谁说我不是风雨雷电
且看这忍辱负重的大地
满载眼泪和欢笑
承受着疾病和忧伤
依然满脸坚毅
哪怕在暗夜里默默等待
也要圆睁一双明眸
把无边的黑暗看穿
啊！我多么爱你，人类

85.

86.

谁说我不是风雨雷电啊
还有多少未知世界等我去闯荡
谁说我不是风雨雷电啊
还有多少艰难险阻等我去挑战
谁说我不是风雨雷电啊
还有多少迷雾等我去驱散
谁说我不是风雨雷电啊
还有多少生生死死等我去历尽磨难
共同的人类噢
共同的幸福和苦难
啊！我多么爱你，人类

谁说我不是风雨雷电
我要大声地请问——
是谁唤醒沉睡的世界
迎接春的降临
噢，那童话般的春

谁说我不是风雨雷电
我要大声地请问——
是谁在炎炎夏日里
用自己的身体拯救焦渴的大地
噢，那童话般的夏

谁说我不是风雨雷电
我要大声地请问——
是谁把天堂之秋邀至人间
歌唱五彩斑斓的丰收喜悦
噢，那童话般的秋

87.

谁说我不是风雨雷电
我要大声地请问——
是谁宁愿窒息自己
也要呵护冬的纯洁宁静
噢，那童话般的冬

这是人间的童话哟
这是迷人的春夏秋冬
啊！我多么爱你，人类

谁说我不是风雨雷电
我在杳渺苍穹已无恋情
我站在寒冷的高处
流着泪爱着我的人间
我的人间有活脱脱的生命
每个生命都一样尊卑贵贱
无奈时间不是一个公平家伙
公平寄托于更遥远的时间
犹如我，风雨雷电——
人间的喜怒哀乐就是我的抑扬顿挫
我所有情绪都是唱给尘世的美丽之诗
啊！我多么爱你，人类

88.

89.

谁说我不是风雨雷电
当高贵的诗篇被冠冕堂皇弃如敝履
只有忠诚的风雨雷电
高傲地怒视重重藩篱
自由地放声高歌
看吧——
我，风雨雷电一首诗
在人间纵横驰骋
假如诗歌可以解除人间疾苦
我就是那个粉骨碎身的诗人
啊！我多么爱你，人类

谁说我不是风雨雷电
你是否已经看清了我
我穿行于大街小巷
我衣衫褴褛遍体鳞伤
我对尘世本无留恋
怎奈我的故事遗留人间
生生死死于我有何意义
我生命之意义只在成就传奇
哪怕只是纤纤微尘
也是顶天立地的奇迹
谁能呵护弱小的生命
谁就参透了“天机”
所有“天机”都出现于天人合一时
啊！我多么爱你，人类

90.

九

91.

我就是风雨雷电啊
人类知我如九牛一毛
我对人间何曾不是一知半解
都说人有悲欢离合
我举头望月本无阴晴圆缺
都说人生一世草木一秋
君不见野火烧不尽春风吹又生
多少风雨雷电
在为人类叹息
在为人间焦虑
可聪明的人类啊
至今依然如此执迷
莫道多少事从来急
尘世间多少开始早已注定结局
而所有结局何曾不是一盘新棋
假如天堂漏雨了，请你别往天堂挤
啊！我多么爱你，人类

我就是风雨雷电啊
多想告诉人类
生命就是一场狂欢
多想告诉人间
所有被公认为狂欢者
都是虚情假意的狂欢
只有善良眼眸里凝然的静默
才是灵魂最深处自由的狂欢
而于我——风雨雷电
除了自由
我什么都可以奉献
除了忍辱偷生
我什么都可以承受
我的性情与人类何等相似哟
啊！我多么爱你，人类

92.

93.

我就是风雨雷电啊
当赤裸的世界呈现在我面前
我看见了美好的真和善
又看见了丑陋的伪善
我让世界感受悲悯和同情
又看世界承受苦难和无情
犹如战火纷飞而佛光普照
犹如痛彻心扉而交集悲欣
啊！我多么爱你，人类

我就是风雨雷电啊
你见识了我的豪迈
但你是否见过我的谦卑
你见识了我的笑容
但你是否见过我的泪痕
你见识了我的挥洒自如
但你是否见过我的手足无措
你见识了我的慷慨激昂
但你是否见过我的羞愧难当
你见识了我的生生不息
但你是否见过我的死去活来
就连荒凉旷野中那一棵小草
也用它执着的摇曳告诫我
生与死都可以忍
还有什么不能忍
你不就是风雨雷电么
风雨雷电又将如何
看看坚韧不拔的人类吧
哪怕带血也要踏歌前行
啊！我多么爱你，人类

95.

我就是风雨雷电啊
在赤裸的我面前
大地没有秘密
天空没有秘密
宇宙苍穹没有秘密
过去没有秘密
现在没有秘密
未来没有秘密
过去的过去
和未来的未来
统统没有秘密
春夏秋冬没有秘密
东西南北没有秘密
天堂地狱没有秘密
一切的秘密都没有秘密
所有的秘密都在我的眼眸里
我清澈而迷蒙的眼眸啊
就是这个世界唯一的秘密

并非我的秘密不可言说
而是秘密的秘密欲说还休
并非秘密的秘密欲说还休
而是我不知所有秘密该从何说起
所有的秘密藏在秘密的去处
这个神秘之处就是可爱人间
我的人间啊我的尘世
我的尘世啊我的爱人
无论你是否在等着我
我都会在你目光所及处
日复一日地守望着你
啊！我多么爱你，人类

96.

我就是风雨雷电啊
说什么生生不息天长地久
我整个生命历程都在苦苦追索
尘世间没有哪丝纤尘纯属多余
没有一个人会活得无缘无故
你可知道
每当我大声为自己助威
有时候也是因为恐惧
而当我大吼一声归于死寂
那是我与我在暗中较劲
我终以单纯对付这个世界
注定我将伟大而备受创伤
我只想大声告诉你
我就是我呀
我的我在我的人间
啊！我多么爱你，人类

我就是风雨雷电啊
风雨雷电也有故国故园
天地苍穹就是我的故国
尘世人间就是我的故园
混沌鸿蒙就是我的祖先
我的祖先是一团正气啊
尘世文明就是我的子孙
我的子孙我的子孙啊
所有的历史都是你们的族谱
所有文字都记着你们的操行
啊！我多么爱你，人类

97.

98.

我就是风雨雷电啊
我眼巴巴地看着
人类一次次的轮回
又眼巴巴地看着
人类如此执着地
向未知的远方奔去
假如人类走得足够遥远
我将只能重回混沌
哪怕生命消失，岁月依然悠悠
只是没有人类的风雨雷电啊
是多么的孤苦无依
啊！我多么爱你，人类

我就是风雨雷电啊
我就是风雨雷电啊
但若果没有人间
若果我没有人间
我将何去何从
我将魂归何处
我将无名无始
我将成孤魂野鬼
但我还是风雨雷电啊
我依然是风雨雷电啊
人间哟你要为我好好活着
不要有战乱之苦不要有瘟疫悲催
你怎么忍心让我无家可归
我是你的风雨雷电啊
我是你的风雨雷电啊
尘世间有太多值得留恋呐
而我就是那个世外的多情郎
啊！我多么爱你，人类

99.

100.

我就是风雨雷电啊
我就是风雨雷电啊
即使把我放逐于万里之遥
即使把我禁锢于陋室牢笼
即使艰难险阻把我重重围困
即使暗箭明枪朝我疯狂进击
我高贵的灵魂啊依然自由如风
我慈悲的胸怀啊依然温润如雨
我正义的呐喊啊依然声震如雷
我穿透历史的眼眸啊
我穿透一切的深邃眼眸啊
永远炯炯如电，如电——
我就是风雨雷电啊
我就是风雨雷电
即使死无葬身之地
我也要让灵魂游荡于人间
啊！我多么爱你，人类

我就是风雨雷电啊
我寻找知音寻觅真情
我追求理想追逐真理
我不眠不休生生不息
我呐喊呼号力竭声嘶
我终于扑倒于大地
大地母亲把我轻轻扶起
我听到微弱而不绝之叹息
我终于苏醒于田野沟渠
我拔腿狂奔扬长而去
只留下一串隐约身影
让后人去缅怀和质疑
啊！我多么爱你，人类

101.

102.

我就是风雨雷电啊
我千千万万次死去
又千千万万次生还
但我依然参不透生生死死
往返地狱天堂人间
我只迷恋于生
但并不惧怕于死
于是我得以永生
辽阔的旷野伫立着历史的废墟
历史的废墟回荡着我的气息:
“微笑着面对未来
未来是永恒和辉煌”
啊!我多么爱你,人类

我就是风雨雷电啊
亲爱的抑或聪明的
假如你只把我当成风雨雷电
那是对我最大的不敬
犹如这地球上的诗人
假如你只把他当成诗人
那是对他最大的亵渎
他们本就是风雨雷电哦
风雨雷电本就是万物之灵
啊！我多么爱你，人类

103.

104.

我就是风雨雷电啊
我上天入地未遇真神
未见唐僧孙悟空
但闻八戒沙悟净
耶稣佛陀耶和华
菩萨湿婆玛利亚
天主梵天毗湿奴
太上老君安拉胡
所有被人膜拜之真神
全都来自烟火之人间
啊！我多么爱你，人类

我就是风雨雷电啊
我就是风雨雷电
即使我是风雨雷电
即使我强大无比
甚至即使我无生无灭
我也是弱小的生命噢
但我依然是风雨雷电呀
你不必惊讶于我的爆发
但你是否记住了我的沉默
真正的沉默必在大悲之后
犹如你记住了2020年的春天
和这个春天所有的折磨与思念
啊！我多么爱你，人类

105.

106.

我就是风雨雷电啊
我又一次逡巡于美丽的世界
花好月圆，梦幻人间
街巷里贴着一些寻人启事
我再次沉默于2020年的春天
这个春天是否只有等待没有爱情
另一个世界读不懂我的等待
当然更读不懂我们的爱情
在人间，是谁曾说过
“沉默是痛苦的至高见证”
（穆旦《诗》句）
可是在人间，又有谁说过
就让沉默的痛苦作证
让我们再长大一次吧
面对尘世我总是手拙嘴笨
啊！我多么爱你，人类

我就是风雨雷电啊
无须告诉我动人的故事
所有的故事都在我脸上
无须用一万支秃笔抒写传奇
我只要传奇里的正道沧桑
噢，红日初升，其道大光
人间的尘世，尘世的人间
啊！我多么爱你，人类

107.

十

108.

啊——
风
雨
雷
电
啊——
我的故园人间
我的天地苍穹
我高贵的头颅哟
我红的血和白的魂
啊——
风雨雷电
我浩荡的寂寞哟
我未知的未来
和我永远的永远

悲歌，以颂诗之名

——黄惠波长诗《假如我是风雨雷电》赏析

于爱成

“诗无达诂”，同一部作品，鉴赏者可以仁者见仁，智者见智，各以其情而自得。对诗歌而言，因其含义更为隐晦，往往歧义纷呈，“兴发于此，而义归于彼”（白居易《与元九书》），加上鉴赏者心理、人生阅历、情感状态的不同，对同一首诗，往往产生不同的解释。明谢榛《四溟诗话》卷一中说，“诗有可解、不可解、不必解，若水月镜花，勿泥其迹可也”。法国诗人瓦勒利也说，“诗中章句并无正解真旨。作者本人亦无权定夺”（转引自钱锺书《也是集》第121页）。西方“接受美学”和布鲁姆的误读理论，所言都是同理。

海德格尔曾经为自己对荷尔德林诗的阐释是否准确做过这样的说明：“这些阐释乃是一种思（Denken）与一种诗（Dichten）的对话；这种诗的历史唯一性是绝不能在文学史上得到证明的，而通过思的对话却能进入这种唯一性。”（海德格尔：《荷尔德林诗的阐释》，孙周兴译，商务印书馆，2018年）海德格尔还形象地比喻，任何对诗歌的阐释，都犹如落雪覆盖晚钟，免不了使钟声走样。任何的解释最后的结局可能往往就是在“诗歌的纯粹显露面前销声匿迹”。因此，最好的做法，也只能是在反复吟咏诵读中，宁愿相信自己对这首诗歌的领悟是到位的——“我们最好就这样认为罢”。

在读解黄惠波长诗《假如我是风雨雷电》时，笔者也总是涌出这样的迷惑和忐忑，我的阐释到底跟诗人的心意有多少相通？是否理解了诗人的“为文之用心”（刘勰：《文心雕龙·序志》）而不至于停留在附会和穿凿上？好在，笔者有上述种种理论的支持，而且尤其海德格尔“诗与思”的理论，更是给予笔者合法性支持。

文中，笔者采取传统训诂之学的剖章析句，借鉴海德格尔、伽达默尔等阐释学方法，构建一种建基于充分同情心、同理心之上双重诗与思的对话（诗人的诗与思的关系、诗人之诗对笔者之思构成的应答关系），以这样的写法尝试，力图较为全面把握诗人诗作的诗学价值及其思想等方面的意义——一般来讲，我们愿意在诗人的作品中去发现或者重构诗人的哲学体系，而对诗歌中的概念观念等哲学性的知识表达，保持足够的警惕。但黄惠波不同，他的诗作尽管具有比较突出的思想性的底色和哲理化的审美偏好，但他的“思”跟“诗”的关系是如盐入水的。作为一个极具未来性思想者，他的作品，被以诗性言谈的方式进行诗与思的分析，应该是适洽的。

本文尝试这样的写法，其实也是力图实现黄惠波之诗与笔者之思的某种程度上的“互释”性。

一

这是一首抒情长诗，全诗共分10章，每章由15到20首短诗组成，总共108首短诗；每首诗短则7行，长则42行，以13、14、15行为主，共1594行。10章中，第一章和第十章分别是序言和尾声。中间8章展开分层错落的抒情。全诗还安排了一个简单的题记，交代诗歌创作的缘起。

总体来讲，全诗风格鲜明，浪漫激情，炽烈的情感如同岩浆在大地之上滚涌蔓延，又有风火相激、晴天霹雳、电闪雷鸣、撼动天地之效果，像极了诗歌的主旨和本事——“假如我是风雨雷电”。

全诗采取第一人称“我”指代风雨雷电并进行叙事和抒情，采取第二人称“你”指代人类作为倾诉对象，是一种倾诉体的抒情。第一章的引子，诗歌的抒情者、叙述者“我”，将倾诉、叙说的时间设定在“历经劫波亿万年后”，也就是亿万年之后重提旧事。此时的抒情主体风雨雷电呈现为一种平和安静的形象，以回忆式的、倒叙式的、虚构体的、故事化的、诗剧感的其实也是独白体的方式，给后世之人类的“你”，讲述一段旧事，重申一种感悟，重表一份情感。

是的，虚构的主体“我”，“我”是风，是雨，是雷，是电，是风雨雷电的总体，是风雨雷电的统合。当“我”回忆往事时，此时距离2020年春天的新冠疾疫已去亿万年，地球上的各种灾难仿佛什么都不曾发生。这是一个黄昏，夕阳即将西下，苍鹰掠过苍穹，一切恍若宇宙太初，恍若鸿蒙初开之时。伫立于旷野，往事如昨，苍凉忆旧，而眼前的世界勃发生机，丰收在望，岁月已然静好。“我”欣慰于这样的时节，从而面带笑容，开始“我”的回忆与叙说。

【了解黄惠波的读者也许有个印象，长诗的写作，黄惠波久负盛名的《胡杨·秋问》还是创作于2015年10月，此后并没有在这个已有心得的文体领域有新的涉猎。他的诗歌创作，从他的大学时代开始直到2016年，还是以相对简短的抒情诗为主，以毫无矫揉造作的、自由奔放的强烈表达，独特的意象隐喻，对传统规范的突破，初步显示了他对自己所擅长的诗歌艺术自足的完成性。从2016年下半年至今，诗人逐渐转入哲理性更强（不乏格言诗、玄言诗等）的抒情短诗的创作，进入了为期不短的喷薄期，收入《秋路集》《秋草集》里的短诗都是不可多得的佳作。这时的他选择了完全不同的行和节的结构、格律，实验了多种不同的形式。但首先他是掌握了作为抒情诗人的精湛技巧，不断丰富抒情诗形式的可能性，在这方面他远远超过了国内大多诗人。其实到《秋路集》时代，他的创作技法迹近炉火纯青。这时期的大量短诗至多只有两至三个诗节，恪守简洁的型式，简练明晰的词语风格，以及扼要明确的表达方式，这也似乎契合席勒在1796年所说的，不要失落“激情中的冷静”，避免“冗长拖沓”。

当大家都认定黄惠波似乎实现了中年变法，自此将只会从事短诗创作的时候，2020年新春伊始，不声不响间，他忽然拿出来一部一万五千言的长诗，行数比之于《胡杨·秋问》也长出去三倍。】

二

进入正题。第二章由 15 首短诗（或者说 15 个诗节）结构而成。上来就给出来一个设问：假如我是风 / 假如我是雨 / 假如我是雷 / 假如我是电；第三章的设问是：假如我不是风 / 假如我不是雨 / 假如我不是雷 / 假如我不是电；第四章改用为反问：谁说我不是风 / 谁说我不是雨 / 谁说我不是雷 / 谁说我不是电；第五章用的是自答：我就是风啊 / 我就是雨啊 / 我就是雷啊 / 我就是电啊。

第六章开始，对前五章的分别论述进行叠加，“我”开始成为风雨雷电的整体——第六章重复第二章的设问方式：假如我是风雨雷电；第七章重复第三章的设问方式：假如我不是风雨雷电；第八章重复第四章的反问方式：谁说我不是风雨雷电；第九章重复第五章的自答方式：我就是风雨雷电啊。

第二章直到第九章的全诗展开，正是以这样的八个篇章、协奏、回环、递进、回旋方式，来结构全篇，来推动全诗如大型交响，绵绵不绝、滚滚滔滔向前发展，从涓涓细流汇成浩瀚大海，从七星伴月闪烁成银河星团。

第二章以设问入题，是要首先说明“我是谁”。“我是谁”不以直接肯定的方式下结论，而是以设问的方式——假如“我”是风、雨、雷、电，那会怎么样，将会怎么样？“假灵”。作为雷，“我应是暮秋的那一片金黄”，秋风萧瑟，草木摇落，秋色连波，正是橙黄橘绿时，“敲碎我骨子里的枯枝败叶”后，那一片如同阳光普照的成熟的金黄显得如此明艳不可方物！作为电，“我应是严冬的那一道翠绿”，天寒色青苍，北风叫枯桑，明月照积雪。这时见到近水的一丛腊梅，墙角积雪丛中的一簇经冬不凋的绿草，“把我胸口的积雪融化成潺潺小溪”，该引发怎样的一股活泼泼的生气！这积雪消融汇成的溪流，绕行于“一个个村庄”，把枯叶荒芜滋润出一片片新绿，给人们的家园带来无限生机。

但如果“我”是风，是雨，是雷，是电，让“我”选择：作为风，“我”愿“是一阵狂风”；作为雨，“我”愿“是一场暴雨”；作为雷，“我”愿“是一声炸雷”；作为电，“我”愿“是一簇闪电”。惟是狂风，方可“将危害和平的刀枪剑戟收拢”；惟是暴雨，方可“将戕害善良的坑蒙拐骗荡涤”；惟是炸雷，方可“让祸害人间的魑魅魍魉销声匿迹”；惟是闪电，方可“让贻害世界的鬼怪瘟神无处遁形”。“我”相信只有施以重药下以重手方可清整尘世，方可“还人间一个朗朗乾坤”。

这还不够。还需要“我”的更斩钉截铁雷厉风行。

如果“我”是风，是雨，是雷，是电：作为风，“我”“必须是一道落山风”；作为雨，“必须是一场台风雨”；作为雷，“必须是一团风火雷”；作为电，“必须是一片霹雳电”。只能是“落山风”，才能“向世界倾诉我的凄厉”；只能是“台风雨”，才能“向世界宣示我的浩荡迷离”；只能是“风火雷”，才能“风仗火势火借风威”；只能是“霹雳电”，才能“上天入地睥睨苍穹”。金刚怒目，所以降伏四魔；菩萨低眉，所以慈悲六道——但不以霹雳手段，怎显菩萨心肠！而惟此，才可能小溪欢快绕行村庄，乾坤朗朗重现人间，“我”也才可能“面带笑容驻守人间”。

作为风，“我”可以是“一缕”“初春”的风，是“一阵狂风”，是“一道落山风”，其实“我”还是更愿意作“一缕清风”，神清气爽，轻柔和煦，温柔敦厚，到人们的日常生活中来，到孩子们中间来，“从村口一群玩耍的小孩中间穿过”，跟他们嬉戏，陪他们打闹；作为雨，“我”还是更愿意作“一丝细雨”，斜风细雨，沾衣欲湿，像花针，像细丝，丝丝缕缕，密密地斜织，如尘如雾，却润物无声，不打扰“村头小学教室”里孩子们的学习，只是从“窗口飘过”时不时看一眼他们的安静读书。作为雷，“我”还是更愿意轻声细语，不得不发也尽量隐忍，“我”喜欢把声音“含在嘴里”，像是低语，像是沉吟，像是“叹息”，不想惊吓人们，只想跟历史老人开开玩笑，让他猜猜“我”的潜台词。不愿大事张扬，更不想背负嚣张之名，只想以慈悲智慧，为历史留下见证。作为电，“我”还是更愿意天马行空自由徜徉“四处飘零”，所到之处，四方闪亮，八方辉煌，此起彼伏，像是处处皆可演出盛大的华彩乐章。莫愁前路无知己，四海之内皆兄弟，“我”不孤独，“我”有“我”的乐趣，有“我”的方向，有“我”的轨迹。

“我”有“我”的方向、道路，但“我”哪里都不想去，只想守在这里，驻守人间，最爱人间。这不，你看，“我”就喜欢跟人在一起，嬉闹，游戏，捉迷藏，但不会让你们知道。比如，作为风，“我会蹲守在有情人必经的窄窄山道上 / 轻轻地摇动一朵小山花”，亲爱的人啊，你们怎会知道这是“我”的有意为之，跟你们以这种方式打打招呼。比如，作为雨，“我”会“在有情人必经的沙石村道上”忽然下点小雨，“决不让恼人的尘埃轻轻飏起”，让着飘尘的砂石路润润的、软软的，踏在上面沙沙作响，别有一番诗意。当然，你也知道，“我”这里所说的“有情人”非情人、爱人，只是指代有灵性有感情的“有情众生”，是“我”的有缘人，是人间的父老乡亲，为了他们，“我”甘愿时时处处效犬马之劳。还有，作为雷，“我”还可以化身为雷管炸药，在人们需要开山铺路的悬崖峭壁，以霹雳之力为人们炸开通道，人迹罕至之处，也是“我”“热烈的轰鸣”声为他们“壮胆”打气。作为电，在无数个暗夜，在无数历险者奋斗者抗争者苦行者跋涉于荒原之上，伸手不见五指星光不足以辨认方向之时，“我”会时不时现身，以闪电的光明照亮他们前行的路，引导人们走出荒原和黑暗，走出惶恐和绝望，直到看见“人间的灯火辉煌”。

是啊，“我”似是无所不能，神通广大。“我是风”，自由是“我”的天性；“我是雨”，倾泻是“我”的方向；“我是雷”，鸣响是“我”的声音；“我是电”，闪烁是“我”的形象。作为风，“我”是自由的；作为雨，“我”是尽情的；作为雷，“我”是惊人的；作为电，“我”是耀眼的。但，对风，“我”的自由自在，请“不必羡慕”，“我”有“我”的自由后面的限制；对雨，“我”的甘于低处，请“不要误解”，因为“尊贵的生命”都谦卑不争；对雷，“我”的爆发不羁，请“不要嫉妒”，谁知道“我”在爆发前集聚了多少能量沉默了多长时间；对电，“我”的转瞬即逝，请“不要嘲笑”，因为那片刻闪亮已经耗尽了“我”生命的全力，“犹如烈士在危难中舍生取义视死如归”。

是啊，作为风、雨、雷、电，“我”还有更多的行动、踪迹、抱负、追求、能量、作为。比如，作为风，“我会去北冰洋做客 / 再到南极洲探亲”，“我”可以将“健康的空气”带给全球；作为雨，“我”会与五千年前的雨水互动交流，比如大海之深，冰川之高，高原之湖；作为雷，“我”的踪迹除了这个地球、这个人间，还可以在更远更广博的外太空游荡逡巡，外太空众多“我的姐妹兄弟”也会随时来到这里对“我”支援；作为电，“我”的民间名字叫作“电母”，与雷公结伴，早已驻扎人间多年成为神秘图腾，人间早已把我们作为神灵供奉。“我”能净化空气，能“传播仁爱”，能“杀死瘟疫”，能“灭难消灾”。

“我”有我的力量、“我”的世界、“我”的秘密。不过，朋友们啊，作为风，尽管风知道答案，洞悉人间的秘密，但“我”不会说，“所有的秘密你自己探寻”，所有的秘密都应该也只能由你自己去寻找答案。作为雨，“我”自己的感受自己知道，自己的寂寞自己领受，正如为何由水“凝结成冰”、由雨飘零为雾，你看见就好，原因自己探究就好，“我”同样保持缄默。对世间的事，对“我”的事，都是如此。所以，作为雷，“我”的爱憎，“我”的亲疏，“我”呵护什么杀伐什么，都是“我”不会言说的秘密。作为电，为何“我”一次次“死而复生”，“我不能”也无法告诉你内中的原因，“我”所能告诉你的只能是这样的道理——“只有消亡才得永生”——只有向死而生才得寂静涅槃，人类不正是这样吗？“犹如人生百年却生生不息”，个体的人的生命不过百年，但人类的生命却代代无穷已，如川流不息的江河，闪电亦复如是，逝去的已然逝去，新生的正在新生，人不能同时踏进同一条河流，风雨雷电也要经历一次次生死轮回脱胎换骨。

“我”有“我”的性格，“我”的执着，“我”的坚持，那就是：作为风，其实“我”最愿意、惟希望是在大海边迷失、在荒原与高山之巅自由流浪；作为雨，其实“我”最愿意、惟希望是在大海边陶醉、在荒原和高山之巅忘乎所以；作为雷，其实“我”最愿意、惟希望是在大海边歌唱、在荒原和高山之巅放声歌唱；作为电，其实“我”最愿意、惟希望是在大海边起舞、在荒原和高山之巅纵情起舞。这时的“我”，才是本色的“我”，性情的“我”，此时的“我”，“身如高山心胜海 / 坦坦荡荡似荒原”，心事浩茫连广宇，万古江河天地流，此时，天地玄黄，宇宙洪荒，日月盈昃，辰宿列张，恍如太初，宛若新生。

“我”有“我”的追求“我”的主张，“我”的气势“我”的理想，“我”也并非只图安逸不思进取，只好平和不做拓张。作为风，“我将冲破十八层云雾 / 直至我看到天上的街市”——看这天街是否灯明通亮，是否美丽瑰奇，是否有天河和牛郎织女，是否他们在闲游“提着灯笼在走”。作为雨，“我将滴穿十八层地底”，水滴石穿，锲而不舍，上穷碧落下黄泉，吹尽黄沙始到金，“直至看到矿里的黄金”。作为雷，“我”发誓将十八层地狱的“铁锁”“炸碎”，把地狱之门炸开，枷锁不开誓不罢休，这是“我”的弘誓、“我”的执念，救赎沉沦众生唤醒他们的“良心”，直至他们每一个都良心发现忏悔罪过脱离苦海。作为电，“我”发誓把沉沦苦海不得超拔或心灵囹圄不得安生者的铁门熔化烧开，他们都执迷不悟沉迷苦海痛哭哀号解脱无期求救无门，而门不在别处，只是在他们自己的心上，这是“我”能帮得上他们的地方——找到人心的悲悯——发大愿，立弘誓，迁善去恶，惟此才是解脱之门。

除了能上天入地，“我”正关注着人间、人世，关注着苍生、众生，捍卫着人间正道、自然大道、宇宙法则。当正义之火行将熄灭，作为风，“我”将鼓吹火堆，使其重燃；当人类的欲望之焰升腾，作为雨，“我”将浇灭欲望，让人冷静；当真理之光开始黯淡，“我”将“启发”提醒，重放光明；当邪恶之花正在萌芽，“我”将斩杀恶花，埋葬邪恶。因为给人间、给人类以光热暖、以正义光明、以智慧理性，“我”就可以自豪于“与太阳并肩而立”。日月星辰，风雨雷电，不同样都是宇宙自然的天道安排吗？不都是人类之为人类、宇宙之为宇宙、自然之为自然、天地之为天地的由来吗？我们共一个家园。

13 首短诗的层层推进，前后相继，一气呵成，繁弦急管，滚滚滔滔，让人颇生心傥傥之叹、意茫茫之感。但行文至此，对风雨雷电的“我是谁”之问，如果继续再高举高打，紧锣密鼓，那就未免绷得太紧，所以我们看到，诗人到第 15 节的时候，宕开了一笔，从前面 13 首短诗第一句的“假如我是风”的斩钉截铁，变为抒情化的低语——“假如我是风啊”，一个“啊”字的加入，马上让诗的气韵和节奏发生了变化，慢了下来，缓了下来。然后，第二、四、六行，依次都用了同样的“啊”，让这个诗节成了第二章即将结束前的一个合奏共鸣式的插入，具有非常鲜明而简洁清晰的抒情性及咏叹性。语言也清新隽永，以描述性的语言，每行都用了一个“是”，认真回答“我是谁”的问题——我是风，风就是奔腾的骏马；我是雨，雨就是自由的溪流；我是雷，雷就是咚咚的鼓点；我是电，电就是猎猎的旌旗。我是风，我是雨，我是雷，我是电，我是骏马，我是激流，我是鼓点，我是旌旗。那么，立马横刀者是谁？自由歌唱者是谁？击鼓扬威者是谁？摇旗呐喊者是谁？谁在跟“我”发生着这种种关联？不言自明的是，都是人类啊，都是人类，是人类与“我”相互依存！诗歌至此就完成了一种正反合的“合”字，完成了一次小的螺旋式上升，完成了本诗章的一次华彩。最后一个诗节是第二章的收尾。

这个收尾其实从第 14 节的舒缓抒情，又回到了主旋律，继续沿着前 13 个诗节的节奏来行进。作为风、雨、雷、电的“我”，继续说自陈自己的特质、能力、属性，这次说的是“不会衰老”“永远年青”“百毒不侵”“永垂不朽”，“所有恶毒的诅咒和腐朽 / 都只能得到我的消灭和唾弃”，对于一切的自然病毒和人心病毒，“我”都消灭之、唾弃之，对“我”丝毫产生不了影响和侵害。其实这段这样的诉说，完全可以看作一种点题，诗人所隐含的对现实疫情发生和所由发生的首次点题。这实际上是一条暗线或者叫作副部主题，不小心寻觅还是不容易发现的，这也正是诗歌所以产生的忧愤深广的源头。

诗节最后营造了一个共同体的图景，一个伊甸园的镜像，一个理想国，无论早晚，四季六时，无论少长老幼，一切都是这么美丽，人类，就可以生活得这么美好！

【全诗因瘟疫肆虐、生灵涂炭忧思不能寐而起，因人类团结守护、携手互助、英勇向前、舍生忘死而感，因愤激于导致疫情蔓延贻误战机的种种丑陋行为而发，因抗疫期间种种感天动地的嘉言善行而触，风雨雷电之谓，之动机，何尝不因火神山、雷神山的某种象征意义而最早萌生诗题？风雨雷电天空大地，何尝不是宇宙构成的物质性“五大”——地火水风空的全部？至此，诗歌就做了点题，风神雨神雷公电母，他们上天入地，成为人类栖居或苟活或狂欢或受苦或修行于这大地之上的依托和伴侣，没有风雨雷电，人生将会何等寂寞死寂！从这种意义上讲，诗歌实际上写出来一种酒神精神，一种宇宙意志，一种生命图景，一种人生象征，从而也就是一种颂诗的诗题。

是的，颂诗——希腊语为 ode 的颂诗（或译为颂歌）。这是一种“为公私重大仪式写的诗歌，诗中个人感情同总的沉思结合在一起”（见《简明大不列颠百科全书》中的“颂歌”条，中国大百科全书出版社，1986 年），是一种具有严格、稳重的形式，其最初形式可上溯至远古颂神诗。作为一种抒情诗体裁，其另外的一个源头，也即最重要的源头是古希腊悲剧中的合唱曲，往往由长老们组成的歌队演唱，使普通的人生悲剧染上诸神的光辉。当然更晚近时候的基督教颂赞歌或赞美诗，也是颂诗的一种发展变化，主要用于宗教社团的集会庆典，以赞颂圣母、基督或圣徒为基本内容。这种体裁适合表达崇高、庄严、富有意义的题材和风格，作者通常对神、世界和人的总体具有深刻的感悟。在古希腊时期，颂诗的代表性诗人主要有萨福、阿尔凯俄斯和品达，罗马诗人中有卡图卢斯、贺拉斯等。

无论颂诗体怎么变化，但有些基本元素是相对固定的，比如，都要建立在人与神（或泛神、自然精灵）相互感应的基础上；创作者、演唱者情感都要相当强烈，进入柏拉图所讲的“迷狂”状态；形式上大多采取祈使句式。到19世纪时，随着浪漫主义思潮的兴起以及泛神论、神秘主义、“返回自然”等口号的提出，颂诗从形式到内容获得全面复兴。诺瓦利斯的《夜颂》、柯勒律治的《忧郁颂》、华兹华斯的《不朽颂》都是颂诗体复活的标志。后来就出现了蔚为大观的颂诗的全面兴盛，出现了雪莱的《西风颂》《云》《云雀颂》、济慈的《夜莺颂》《秋颂》《希腊古瓮颂》，以及欧洲其他重要诗人如拉马丁、雨果、莱奥帕尔迪、曼佐尼等的颂诗作品。

其实，除了人们耳熟能详的上述诗人，颂诗创作成就卓著但长期被忽略的是荷尔德林。作为后来才被重新发现或者说追认的古典浪漫派诗歌的先驱，直到现代，他的诗作对人们的思想和感情仍产生着持续的影响。荷尔德林颂诗体诗将德语与古典诗律结合成浑然一体，兼有形式节奏的完美性和思想感情的深刻性。他的作品多带有乌托邦色彩的古典主义内涵，同时又注重主观感情的抒发，具有浪漫主义的特色，在古典主义和浪漫主义之间架设了一座沟通的桥梁。

黄惠波的诗歌创作，目前发表出来的最早的是大学毕业前夕19岁时候的作品，从发出来的第一首诗到收入《禾火集》《知秋集》的作品，可以见出他的诗歌创作第一个时期的抒情基调，专注自然和日常生活，情感热烈而感伤，向内心的回归以及远大的抱负。置身八十年代中国的启蒙时代包括现代诗的启蒙和朦胧诗的喧嚣，他反而并不追逐时风潮流，相对来讲，有一种执拗的并不被当时审美倾向所裹挟的浪漫主义偏好。他师出多门，更像是早期郭沫若以及郭小川、艾青等的传人。应该是从2014年左右开始，诗人似乎跨过一个边界，进入一个诗歌美学的调整期。诗人讲过自己喜欢希腊诗人萨福和卡瓦菲斯，喜欢泰戈尔和惠特曼、普希金，喜欢中国的北岛、海子和木心，喜欢古代诗人大小李杜，也许正是从2014年前后开始，这些诗学资源的影响开始更多呈现出来。也许诗人自己也未必意识到，正是在诗人的夫子自道中，我们其实发现，作为诗人最重要的一个师承或者说影响之源开始出现，那就是海子的精神上的父亲——荷尔德林。

海子在写于1988年11月16日《我热爱的诗人——赫尔德林》对荷尔德林推崇备至，表露了极深的荷尔德林情结——“我就永远地爱上了荷尔德林的诗和荷尔德林”。

荷尔德林对自然风景的热爱，对自然风景所附着和延伸的元素、宇宙、众生的热爱、忍受和理解，对痛苦的歌颂，对孤独的吟诵，都一一击中了海子的心，从而这种对生命力度的倾心和沉醉成为海子诗学精神的重要组成部分。包括荷尔德林诗歌对“诗歌的世纪病——对于表象和修辞的热爱”的克服，也形成对海子诗歌艺术的重要启示。读海子，想荷尔德林，再看黄惠波的诗作，让人不得不产生一种错觉：是黄惠波，而不是海子，更多体现了荷尔德林的颂诗传统、颂诗风格。荷尔德林的挽歌（悲歌）、抒情诗的传承，才是海子真正得精髓之处。

具体到黄惠波的诗歌，《胡杨·秋问》是一个颂诗高峰，《假如我是风雨雷电》是第二个高峰，其间还夹杂着在《秋路集》和《秋草集》中的多个组诗系列写作。这系列组诗大多可归入短的颂诗之列。这些短诗不失“激情中的冷静”，可以说是在“高贵的单纯和静穆的伟大”中找到了表达方式。在诗歌的精神层面，两部诗集也显示出诗人与荷尔德林精神主体性的某种同构，比如对自然的崇拜、泛神论的世界观等等。就诗体形式而言，黄惠波总体来讲，还是坚持了一定的格律性，当然这格律不会像荷尔德林的短颂诗主要采用阿尔开俄斯体和阿斯克勒庇亚迪体，但也会有他的格律上的追求和诗节形式上苦心孤诣的安排，有句法和逻辑的讲究，包括有些诗也会有韵律上的考虑。这种格律是全诗整体上的格律，不是在诗节、诗行局部上的刻意。

及至黄惠波这部《假如我是风雨雷电》出现，可以视作

《秋路集》《秋草集》的必然延伸，或者集大成。这是一部向颂诗（ode）的希腊古典传统，向颂诗的西方浪漫主义传统，向雪莱、荷尔德林等宗师以及中国新诗史上颂诗传统致敬的当代颂诗的实验之作。因此，它的精神文化资源、诗艺体裁资源都是可逆的，它的自身的探索也是可见的。

颂诗的自然神性的主题、颂诗的诗节形式、颂诗的表演性（用于合唱）等等，我们在《假如我是风雨雷电》中，其实都是可以看到这样的影响。《假如我是风雨雷电》显然是可以谱成合唱曲的，这就不仅仅是可朗诵性的问题，而且是可歌唱性的问题，譬如著名的《黄河大合唱》。严格意义上看，《胡杨·秋问》与《黄河大合唱》有着更近的形式亲近性，诗人尝试的是一种诗剧形式，取诗剧的宏大、神圣和赞美诗的形制，来表达胸中火热的激情、无与伦比的礼赞、忘我的热爱和不择地而出的倾诉。如果说开始的引子是序曲，全诗共分九个部分，可以视作九幕剧。第一幕中，第一段是宣叙调，介绍情况；第二段是咏叹调，抒发情感；第三段又是宣叙调，是胡杨的道白；第四段是咏叹调，是胡杨的独唱；第五段又是宣叙调，是诗人的自白或者内心独白。这样的一幕就相当于完成了一个完整的康塔塔建制。《假如我是风雨雷电》节奏、韵律、主题方面则要相对简单一些，从源头上看，这首诗与以萨福、品达等为祖师的ode合唱曲血缘关系也就更直接一些。是的，宏大性或有不足，但重在合唱性的设置和精心安排。当然了，无论《胡杨·秋问》还是《假如我是风雨雷电》在重视表演性、合唱性这一点上，倒也与中国先秦的传统相接续，扬之水先生说《诗经》：“诗、乐、舞，可以结合，而且结合之后达于谐美；诗、乐、舞，又可以分离，而且分离之后依然不失其独立之美善……旋律虽已随风散入史的苍茫，但无论如何它已经有了独立的诗的品质，即文字本身具有的力和美，并由这样的文字而承载的意志和情感……这并没有损失掉很多。”（扬之水：《先秦诗文史》，中华书局，2009年）诗人的颂诗的追溯和尝试，也许未必能重现《诗经·大雅》和希腊经典颂诗诗乐舞一体化的至善至美的荣光，但这样的古典方向的努力，仍然是非常可贵的。而且，如果这诗配乐谱曲，焉知不可唱、不可诵、不可舞？这两首长诗都是出色的文本，进行合唱曲的改编，显然是值得进行尝试的。

一般来讲，品达式的颂诗有着固定的结构和格律，每首颂诗以神灵开始，神话故事一般放在诗的中间。每首颂诗都有一个开头、中段和结尾，而且还要有第一部分到第二部分、第二部分到第三部分的转换。因此，颂诗可以分成五个部分，每个部分都有专门名词——开题，接着是第一转题，然后是核心，接着是第二转题，最后是结题。如果在开头部分之前加一个序曲，在结尾之前加一个分部，那就会有5个部分变为7个部分。每个部分几乎按照相近的比例分为三个诗节：诗节、对称诗节和末节。这样，多数颂诗都有15个诗节构成，加上序曲和分部的三个诗节，则是21个诗节。

《假如我是风雨雷电》前面有个前言，正文10个部分，10个部分实际上可以并为五大部分。第一部分是开题，第二、第三、第四部分合起来是第一转题，第五部分是核心，第六、第七、第八部分是第二转题，第九、第十部分是结题。全诗是一种变化后的品达颂诗体的结构，或者也可以说是荷尔德林式的对品达颂诗的借鉴与变化。荷尔德林后期颂诗也是学品达，品达是荷尔德林在最后几年的楷模。

荷尔德林按照品达的模式构建了他的后期颂诗。品达的颂诗都是三段式结构的：在首诗节后面跟着一个反诗节，在这个反诗节后面是一个有独立韵律的第三节（终曲“Epode”）。这种三段式的结构常常可以随意复制。品达的颂诗常常有三个、四个、五个甚至更多个三段式。处在品达知识和品达诗歌的既定传统之中的荷尔德林，几乎所有的后期诗歌（其中最著名的《日耳曼尼亚》和《怀念》）都以品达的三段式结构进行了构建。我们来看黄惠波该诗的五部分组成，其实也可以看作一种品达和荷尔德林的三段式结构。首诗节“假如我是”，后面跟着的是反诗节“假如我不是”，在后面是第三节“谁说我不是”和“我就是”，后面四个诗节依次进行了再次复制，这样全诗就是有两个三段式结构叠加或者螺旋式上升的构建。

而对于黄惠波来说，如此这般的来自西方的颂诗传统也就相应成为他的一个诗学来源。《假如我是风雨雷电》诗节中诗行的安排上，总的来说都是第一行、第三行、第五行和最后一行结构相同，区别在于结构相同的诗行下面的诗行，负责进行阐释或者描述。诗节之间的转换、过渡也是如此，基本上没有停顿，也很少使用跨行。这种不算严格的格律照应到了既充分相似又有区别的表达效果。

作为一个开放的概念，颂诗源自萨福、品达等，后继诗人多有各自的创造和发展。尽管贺拉斯和克洛普施托克为他提供了大量不同的格律，荷尔德林最喜欢运用的主要还是两种音节格律：阿尔凯俄斯式（或阿尔凯俄斯体）和阿斯克里皮亚底斯式（或阿斯克里皮亚底斯体）。阿尔凯俄斯体诗节是波浪运动，柔和的、“波动式”的起伏；阿斯克里皮亚底斯体诗节是建筑结构，截然不同的、“骨骼式”并列与对立。（波动式、骨骼式两个概念来自歌德，歌德用这两个概念指称造型艺术中两种对立的文体类型，两者结合产生“风格”，即真正的美。）

不能简单拿荷尔德林擅长的这两种诗节形式对黄惠波的诗节、诗行进行比附，我们采取对比方法，也许只具备比较意义上的相似性或者趋同性。黄惠波也许并没有这样的创作自觉，某种意义上讲，算是一种无师自通或者规律性寻找的相遇。

换句话说，在《假如我是风雨雷电》中，总体来讲，108个诗节，通过“假如……”的全篇贯通，实际上如同阿尔凯俄斯体诗节，凸显了全诗的运动特征。但就结构而言，五个部分，却又呈现了类似阿斯克勒庇亚迪体诗节所彰显的框架特征；108个诗节的运动性是在时间里的运动，五个部分的框架性是在空间里的框架；108个诗节将上升与下降的诗行连在一起，呈现无限延展，在时间之流中不可阻挡，以格律的形式从洪流中分隔出来若干形态区间，迫使向前的运动进入一个有序轨道；五个部分的框架表现出来的功能则是，“平坦”的诗行似乎从对称的形态、从空间秩序中生长出来，时间作为诗歌行进中发生和释放出来的运动张力被它们接收。在108个诗节的流动特征中可以看出浪漫主义因素，而五个部分的造型特征中可以看出古典主义因素，这种两重性或者说古典主义和浪漫主义的结合，是黄惠波颂诗的特点。

我们知道，中国新诗在探索“中国性”的道路上，已经有了100多年的探索，出现了冯至、卞之琳、穆旦、海子、张枣等一批立于世界大师之林而并不逊色的大诗人。正是建基于品达、荷尔德林等颂诗格律传统与百年中国新诗的探索与实践，黄惠波的《假如我是风雨雷电》就凸显了自身的特异化：它是古典的，也是浪漫的；是格律的，也是自由的；是希腊化的，也是中国化的；是荷尔德林主题的，也是当代主题的。归根结底它是现代性和当代性的。尽管难以简单归类，它却有着明显的传统谱系，从而是集大成的。】

三

第三章由10首短诗或者说是10个诗节组成。如果说第二章自问自答“假如我是风、是雨、是雷、是电”——“我”会是怎样，以解决“我是谁”的问题，那么这一章是自问自答“假如我不是风、不是雨、不是雷、不是电”，力图解决的是“我从哪里来”的问题。“假如我是”，从语气上讲，重在主动做什么，“假如我不是”，从被动角度，反着来问，形成一种对立的语感，但其实起到的是一种反复强调作用。

“大块噫气，其名为风”，在鸿蒙初辟、混沌初分之时，作为风，“我”不是风，是名为风，被名为风的“我”，其实“就是地底的一股气”，忍着忍着忍不住了就“冲腾”为风。成为风之前，有谁知道经历了怎样的升降、出入、动静、聚散、清浊交感？作为雨，“我”不是雨，是名为雨，被名为雨的“我”，其实“就是天上的一掬泪”，忍着忍着忍不住了就落下为雨滴下为泪。因何落泪？落泪之前，有谁知道忍受了怎样的苦痛悲欢？作为雷，“我”不是雷，是名为雷，被名为雷的“我”，其实“就是胸口的一只虎”，忍着忍着忍不住了吼叫为雷。“同声相应，同气相求，水流湿，火就燥，云从龙，风从虎”，有谁知道“我”是谁胸口之处的这只“虎”，因何盘踞于此，因何忍耐不住地“吼叫”？作为电，“我”不是电，是名为电，被名为电的“我”，其实“就是心里的一首歌”，忍着忍着忍不住了就元神出窍幻形为电。在出窍幻形之前，有谁知道“我”“心里”的这首“歌”是什么歌？是凯歌，是悲歌？缘何心里的歌声、旋律变换成了跨越天际的瞬间绚烂？这风雨雷电，像极了人间的喜怒哀乐，“我”因喜而生风，因哀而下雨，因怒而起雷，因乐而闪电。

这是太初、太始之时的“我”，是原初的“我”。但现在的“我”，只有愤怒，只有哀叹，只有“太息”。作为风，“我”“为何从武当山金殿之头顶掠过”？“我”焦虑着什么？作为雨，“我”“为何从呜咽的长江胸前漂过”？“我”赶赴着什么？作为雷，“我”“为何在美丽的维多利亚港上空怒喝”？“我”愤怒着什么？作为“电”，“我”“为何在高贵的‘钻石公主’身旁巍峨”？“我”守护着什么？所有所有发生在这个春天的事情，发生在武汉、香港、东京、纽约，发生在世界上任何角落的一切，“我”都在经历，都在关切，都在见证，都在焦灼，焦灼于魔鬼肆虐病毒蔓延，而人，每一个都如此宝贵、不可替代的人的生命，此刻却只能依靠一枚小小的口罩掩护，“竟托付一枚口罩支撑”！这是何等惨烈而无助！

此刻的“我”幸亏是风、雨、雷、电，所以“我”自由自在，穿行无碍，“我”神通广大，无所不能。“我”心怀感恩，是“这个世界”，让作为风的“我”，“无处不在无时不有”；“我”放声讴歌，是“这个天地”，让作为雨的“我”，“来有所靠去有所依”；“我”稽首参拜，是“这个宇宙苍穹”，让作为雷的“我”，让“我”的“狂放不羁”得到宇宙苍穹“宽广胸怀”的“包容”；“我”心生感怀，是“造化慈悲”，让作为电的“我”，守住心底的秘密。“我”来自哪里？“我”就来自这个世界、这个天地、这个宇宙、这个造化，“我”就是世界之子、天帝之子、宇宙之子、造化之子，他们成就了“我”的生命。这个“迷迷离离的世界”，多么像“迷迷蒙蒙的人生”！

“我”有所依，有出处，有来历，有去路。宇宙天地，自然造化，大千万有，给了“我”生命和神奇。“我”要回报、表达“我”的“感恩”，“我”要“讴歌”“参拜”“怀念”这“天地”这“宇宙苍穹”这“造化慈悲”。所以，作为风，“我”要唤醒“昏睡的天空”；作为雨，“我”要清净“浑浊的大地”；作为雷，“我”要“呈现”“沉默的真理”；作为电，“我”要“刺穿”“沉重的黑暗”。“我”愿做昏睡世界里的清醒者、喊叫者、吹哨者、打更人、守夜者，而所幸并非举世皆浊、众人皆醉，醒着的“我”为此“庆幸”为此欣悦。

至此，分身风、雨、雷、电的“我”捧出了一颗纤细的心，感恩大地、宇宙、天地、世界、自然、世间，爱着人类、人间、苍生、众生。“我”是谁？当然这首先是诗人的自况，是诗人的自语、独白，为风、雨、雷、电代言，诗人愿意化身为风、雨、雷、电，抒发对天地宇宙、万物众生、人间人世的爱。这种爱，致广大而尽精微，极辽阔而又极具体，极深厚而又极细小，穷尽了眼耳鼻舌身意，触发了色声香味。

如果没有“我”的爱，没有风雨雷电，那么如何有春种夏长秋收冬藏？如何会有风花雪月之生命生趣？如何会有人生设计及家国价值？如何会有生死大事终极意义？没有风，将没有时空交流信使传递；没有雨，世界将变得失落寂寞了无生机；没有雷，人生将没有动力没有奖赏没有审判没有正义；没有电，将难明因果报应生死疲劳末日审判天堂地狱。而这澄明，才是人类的智慧之眼所独具，“我”只是提供了一个动机、一个提醒。

爱着这人类，护佑着这世间，所以，因为有了风，才有了“雄鹰逆风飞翔”，不是“我”使其难飞，“我”本无所谓顺逆，都存在那儿，而是因它逆风而飞、不屈不挠、逆流而上，才能成其“雄”。因为有了雨，才有了“勇士跋涉前行”，不是“我”使其难行，而是因为它冒雨前行，不畏泥泞，才能成其“勇”。因为有了雷，才让“失败者鼓足勇气”，是“我”为其摇旗呐喊，振作奋起，胜败无惧，从而成其韧。因为有了电，才让迷惘者走出迷津，是“我”点亮灯盏，指引迷惘者走出迷惑困顿，从而成其“醒”。在这世间，人人都曾是都会是失败者、迷惘者，无论雄鹰还是勇士，无论骄傲还是悲壮，无论飞翔前行、作佛作圣，都需要行动，但更需要内省，尘世才是最好的修行之地。风雨雷电永远是你们的后盾、你们的助力，但人类啊，沧海横流方显你们英雄本色。

【行文至此，到第23诗节，如同第二部分的倒数第二诗节，格式调性也同样发生了变化，这是对第22诗节倒数第三、第四行连续两个“啊”所推动起来的一种疾风骤雨般的情感速度的必然放缓，咏叹的行进得以放慢。首行及后面每隔两行，都用了“假如我不是风，假如我不是风哟”的反复形式，较之于前面的诗节，明显增强了一种音乐性，深情而婉转，形成一种商量性和对话性。】

在这暗夜里，“夜幕里还有多少人在辛勤劳作”，“夜空中还有多少星在踽踽独行”，只有风“知道”；“坚强的汉子为何痛苦号啕”，“善良的女人为何涕泪涟涟”，只有雨“明白”；“昨夜究竟有多漫长”，“明日究竟有多遥远”，只有雷“清楚”；“天使和真理会在何时降临”，“魔鬼与瘟神会在何时出现”，只有电“能预知”。前面两节6行写世间、人事，后面两节6行写现象、规律，实际上这整个诗节是全诗暗线副部主题的推进——疫情下的武汉，湖北，中国，世界。辛勤劳作者是谁？痛苦号啕者是谁？涕泪涟涟者是谁？度日如年苦盼天亮者是谁？再也看不到明天者是谁？天使是谁？魔鬼是谁？真理何时降临？瘟疫何时出现？短短的16诗行，竟然浓缩了如此多的在场内容，隐藏了如此巨大的真相信息，积蓄了如此巨大的情感力量。当魔鬼横行，瘟疫为害，此时的中国，我们看到了天使，看到了真理，看到了勇士，勇士守护着天使和真理；我们遭遇了魔鬼和瘟疫，各种各样的魔鬼，与瘟疫狼狈为奸为虎作伥的人间的魔鬼，人间的勇士在伏魔降妖，但付出了生命的代价，他们中若干人壮烈殉职，成为烈士。这是怎样的一个春天！怎样的一个世界！

天使和真理，勇士和烈士，人间的情义，人类的自救，人性的尺度，这些都在。都在魔鬼与瘟疫出现时，爆发出英勇和决绝。人类不值得爱吗？

【第 24 节顺承第 23 节的深情再度放缓，用了大量反复、叠句、复沓的修辞，渲染气氛，深化诗情，增强了音乐性和节奏感，使感情得到尽情的抒发。进一步强化了诗情的内卷和深入，实际上也强化了本诗节的吟唱性，声音的效果得以凸显和放大。“难道你没有闻到花的清香”“难道你没有感到心的清凉”“难道你没有听到远古的清唱”“难道你没有看见正义 / 它瘦长而明亮的清影 / 在斑斓的夕晖中远去”，全节前面 9 行每隔 3 行押一个开口呼 ang 韵，后面收尾倒数第二行押了个撮口呼 ü 韵，形成前面清朗明快、后面委婉多情的效果。是诗人有意凸显声音之美的一种自觉，有一种有意为之的流动之美、雕琢但不留痕迹之美、强化但不见斧凿之美。也许这个段落可以视作诗人的诗艺大全了。

不知诗人怎么想，有意还是无意，全篇落到“电”上的诗行和文字为最多，一般来讲，每个诗节给“风”“雨”“雷”

的篇幅一般是三行，而落在“电”，却基本上至少多出一行，本诗节，则以跨行方式多出去了两行。在在显示诗人对“电”的偏爱。为什么偏爱“电”呢？且看诗人赋予了“电”什么样的特质。

诗人笔下的电，“通体透明”“光艳”“焚烧”“自由”“徜徉”“微笑”“笑容”“睥睨苍穹”“飘零”“逡巡”“照亮”“一闪而过”“奋力一搏”“舍生取义”“视死如归”“死而复生”“起舞”“让贻害世界的鬼怪瘟神无处遁形”“烧开十八道心门”“与太阳并肩而立”“永垂不朽”“刺穿黑暗”“消灭地狱之火”“点亮天堂之灯”“指点迷津”，直至第24节中，把电形象化为“它（正义——笔者注）瘦长而明亮的清影/在斑斓的夕晖中远去”。这种种的形容、比喻、拟人、象征、描写等等，综合起来，可以发现诗人对电的理解，电，是闪电，同时也是光，是光明，是火，是神的语言、影子。因此，这里的电就不仅仅是电，而是澄明，是暗示，是意志，是审判，是正义。

这种对闪电的理解，其实也跟荷尔德林有几分神似。

荷尔德林《如当节日的时候……》中写道：

如当节日的时候，一个行走的农夫
望着早晨的田野，昨夜风雨，
从灼热的黑夜迸发出清冷的闪电，
遥遥地还隆响着雷霆，

河水又从河岸回落，大地郁郁葱葱，青翠欲滴，
天空令人喜乐的雨水
洒落在葡萄上，
小树林沐浴在宁静的阳光下：

这是怎样一幅和平安宁充满喜乐的图景！是荷尔德林笔下的理想世界，风雨雷电过后，大地、田野、河流、草木、天空，各安其所，各美其美，世界如此美好祥和！而闪电，荷尔德林是如此地看重闪电——“从灼热的黑夜迸发出清冷的闪电”，这闪电——“神的闪电击中了塞墨勒的家园/产生了致命的灰烬/暴风雨的果实，神圣的巴克斯”，这闪电是神的闪电，是“古老神圣的父用镇静的手从赤云之中震动着赐福的闪电”（语出荷尔德林给他的朋友波林多夫的信，引自海德格尔《荷尔德林的颂诗〈日耳曼尼亚〉与〈莱茵河〉》第一章），是“天父之光芒”“天父的纯洁光芒”（《如当节日的时候……》）。如海德格尔据此分析的，“雷霆与闪电是诸神的语言”，而诗人“不得不毫不退避地承当这种语言”——这种语言作为诸神的指引、指示，采取的是暗示的方式——“……而暗示乃是/古来的诸神之语言”——是诗人听到、听懂、理解、领会了这语言之暗示，“将神之闪电逼迫到、保存到语词中，并将这种负荷着闪电的语词设立到他的民族的语言中。诗人并不对自己的灵魂体验进行加工，而是站立于‘神的雷霆之下’——

‘凭赤裸的头颅’，一无保护地贡献与交出自身。”从而，作诗就成为指引着令敞开的道说方式，诗歌也就成为被裹藏于语词当中的暗示，诸神的指引在诗中得以敞开，变得澄明。诗歌，因此“乃是创建，是对持留者（Bleibenden）的有所作用的建基。诗人乃是存有（Seyn）的建基者”（见海德格尔《荷尔德林的颂诗〈日耳曼尼亚〉与〈莱茵河〉》第一章）。

运思与作诗，诗的所由发生，诗的体用，黄惠波也许并无荷尔德林的诗化表达，有的是一种共情、共鸣与同理心。想想看，当荷尔德林在探讨诗的本质乃创建、诗人的本质在于被神圣者所拥抱时，当荷尔德林写到“诗人心灵悚然震惊/被神圣的火焰点燃/久已知道的无限物在回忆中颤动/果实在爱情中诞生，那诸神和人类的作品/歌唱蔚为大观，见证着诸神和人类”时，诗人黄惠波写出了“每当我与太阳并肩而立/我就会深情地望着人间”，写出了“我该怎样怀念造化慈悲/是它为了我的闪亮永远保持着迷迷离离”，写出了“亿万年观沧海桑田无生无灭/自从邂逅人间从此有了人性”。显见无论荷尔德林还是黄惠波，仰望着同样的“神圣者”，沐浴着同样的神恩，感受着同样的神性，并领受着同样的闪电带来的诸神的暗示——通过作诗和运思，来抒发对自然万物之爱，对神圣者之爱，对人类之爱，对民族之爱。是的，是闪电，是闪电带着诸神的暗示和神圣者的指引，以闪电的火焰，点燃诗人的心灵火焰，仅仅需要一束闪电，一束光线。这闪电、这光线，来自更高的领域，来自本源，是来自“比季节更古老”并且“超越诸神”的神圣者，是“神圣光芒”“纯洁光芒”。

从这个意义上讲，被闪电、被神圣的光芒击中的诗人，无论荷尔德林还是黄惠波，实际上都是被神圣者选中，产生了心灵的颤动，内在的神性被唤醒并与神圣者同频共振成为一体，词语在领悟与启示中生成，这就是诗歌。诗歌即是传递，也是见证。从而颂诗，无论荷尔德林的颂诗，还是黄惠波的颂诗，都肯定不是古希腊原创意义上的颂诗，不是一种醉心辞藻的赞美和赞颂，不再是对某物的赞美，甚至不是专对自然的赞美，而是对神圣者的赞美，是原创、本源、始源的召唤，是对诸神的命名，是对持存的创建，是对神性暗示之敞开的道说。

想想看，是不是从这首诗开始，当代汉诗才有了整体性地对风雨雷电的命名？是不是从这首诗开始，当代汉诗才有了对高于风雨雷电的宇宙真理绝对意志原始力量普遍神性的赞颂和敬畏？是不是从这首诗开始，当代汉诗才有了整体性对人类与诸神（泛神论的意义上）、与神圣者关系的认知？

在这个贫困的时代，诗人何为？

在这个贫困的时代，如海德格尔所说，其实，“这个时代的诗人是极其富有的——诗人是如此富有，以至于他往往倦于对曾在者之思想和对到来者之期候，只是想沉睡于这种表面的空虚中”。然而真正的诗人却不是这样，荷尔德林写道：

我全然不知，在贫困时代里诗人何为?
但是你说，他们就像酒神的神圣祭司，
在神圣的黑夜里迁徙，浪迹各方。

真正的诗人坚守在这黑夜的虚无中、孤立中，但保持着自己的使命，他们不是虚无者，不是自艾自怜者，他们为人类、为他的民族谋求着真理。荷尔德林如此，海子如此，黄惠波如此。】

从第24节的一唱三叹，到第25节，是一段自问自答，实际上是讲述了自己的性格的另外一面——并不总是刚强、激昂、不可战胜的战斗的姿态，“我”也有“我”的软弱，“我”的无力，比如:“我”也会“疲惫”——作为风，总会“静止”；作为雨，总会“凝固”；作为雷，总会“偃旗息鼓”；作为电，总会“销声匿迹”。写到这里，接下来就出现了全篇的隐含主题、副部主题或者说叫作副线的两个关键词、两个爆发的原点——雷神山与火神山——这一雷一电，“雷公”“电母”，此时巍然耸立于黑云压顶人间炼狱般的武汉，它们恰是“我”，是“我”的形象，是“我”的前生、“我”的前生某一个片段的刹那间的凝固塑形、凝固塑形的刹那间。在那个瞬间，人们将“我”的形象塑造于此，作为庇佑，激发信心，汲取力量；如果这是“我的前生”，那么，你可知道方舱医院中此时诞生、正怀抱在母亲怀里安静的“婴儿”，他是谁的今世？

“我”也有“我”的前世今生啊，正如人类。“我”也有“我”的成住坏空生住异灭啊，正如你们。

那么，回到“我”自己问自己的问题——“我是谁?”“我从哪里来?”“我要到哪里去?”这些“我”都知道——“我是亿万年前的风啊”，“我是亿万年前的雨啊”，“我还是亿万年后的雷哟”，“我还是亿万年后的电哟”。众缘和合，缘起缘灭，生死流转，原始反终。亿万年前“我”是谁，亿万年后谁是“我”？未曾生我谁是我，生我之时我是谁。“亿万年观沧海桑田无生无灭 / 自从邂逅人间从此有了人性”，是的，沧海桑田无生无灭，沧海桑田和不生不灭。不是沧海桑田不生不灭，而是见了沧海桑田之变，也见了不生不灭不变的东西——那是本质，是本性，是始源。从而，历亿万年观沧海桑田之变，“我”明白了生命的生灭，生死的轮回；但一次次经历生灭的“我”，也领悟了生命的本质，那种“无生无灭”的东西——真如性、真实性、不生灭性、常住性，它们是永恒，是无限，没有起点，没有终点，没有形，没有相，更不存在时间、空间。生命的本来面目就是如此，不生不灭，不垢不净，不增不减。在速朽与不朽、速生速死与不生不死之间，“我”也知道，只有有情、人类，只有人性，才是世间、天地自然之中最可宝贵的构成——何以故？人性何以宝贵？何以值得“我”

的羡慕和模仿？何以因作为风雨雷电以拥有了人性为自豪？是因众生本善，人性本善，恻隐（慈悲）之心，人皆有之；羞恶（惭愧）之心，人皆有之；恭敬之心，人皆有之；是非（取舍）之心，人皆有之。这就是人性，是普遍的人性之根。每个有情众生最究竟本性、光明本性，远离了善、恶、有、无、是、非等一切盲信执着，“一切众生皆具智慧德相，只因妄想执着而不能证得”。人身难得，如盲龟值木，如光壁撒豆，如针尖堆豆，如垂线引针，人身如此，何况人性？

至此，第三章完成了对“我是谁、我从哪里来、我到哪里去”的追问与回答，完成了对人性的致敬与礼赞。

四

第四章 12 首短诗，12 个诗节。写的是“有了人性”的“我”对人类的深情。

是的，如果有人说“我”不是风、不是雨、不是雷、不是电，也都没关系。本来风、雨、雷、电，都是名相上的称谓，“我”的名字，是名之为风，名之为雨，名之为雷，名之为电。“我”是这样的事物：名之为风的“我”，有形象，有面目；名之为雨的“我”，有喜悦，有忧伤；名之为雷的“我”，有快活，有愤怒；名之为电的“我”，有柔弱，有刚强。人类如是，“我”也如是。“我”如此，人类何尝不是如此！因为“我”拥有了“人性”，从而，“我”就成为“人类的另一副模样”，成为人类形象、情感的映照和投影。

是的，“我”与人类同体同情同理心意相通，“我”参与了人类的历史，见证了人类的传奇，熟知人类的故事。“我”可以随口喊出一个个古往今来英雄豪杰的名字，他们的名字在风中一遍遍一代代传递；“我”可以用雨幕丝缕装点一座座城市一个个村庄，每处都如梦如幻像极了你所魂牵梦绕的家乡或理想中的家园；“我”的声音只要你填上词，其激越、其雄壮、其苍凉、其锐利，像极了一首“进行曲”。而当你忆起“我”时，只需闭上眼睛想一想，就能感受到那种“生死之间令人怦然的爱意”——恍若生离死别的爱情——令人心动，令人心伤，转瞬即逝，华美绚丽——像极了生死之恋。这都是爱呀，全是爱，只有在世间、在人世，与有情众生、世间人类发生关系，才会让这爱得以“留连”，也只会在人间“流连”。

“我”爱这尘世、有情、众生、人类，“我”愿意为人类赴汤蹈火、奉献、守护。作为风，“我”愿做“披荆斩棘的清道夫”，“为后来者蹚开一条条血路”，如人类中的革命者；作为雨，“我”愿做“不知疲倦的先行者”，“为后来者种下一片片杏林”，如人类中的改革者；作为雷，“我”愿做“振聋发聩的预言家”，“为后来者准备百千个锦囊”，如人类中思想者；作为电，“我”愿做“慈悲为怀的苦行僧”，为救度众生讲经说法求证大道而始终“匆匆疾行于旷野中”，如人类中的布道者。人间的事，大抵如此，“我”悉知悉见，见证着，参与着。风负责开拓，雨负责种植，雷负责思想，电负责灵魂。这就是“我”的人间情怀。

“我”还有“我”的乡愁旅痕，有“我”的惦念牵挂。当“我”到远方漂泊时，“却执着地寻找故国家园”，试图发现与她相似的痕迹；当“我”“流浪江湖”时，却在心里念念想着唐诗宋词的故乡记忆；当“我”“轰轰烈烈”惩恶扬善代天执法时，却处处小心生怕误伤了每棵村头的老树；当“我”“纵横驰骋”列缺霹雳雷电相击时，却怀着心事生恐点燃了每个老宅的屋檐。如果“手搭凉棚”就可以望见故园，如果“自备缰绳”就可以下船上岸，如果挂个“免死金牌”能让老树免遭误伤，如果可以“立字为证”能让老宅免受电焚，那该有多好！“我”总有太多的牵挂和心里的柔软，“我”知道，“每个老宅屋檐哟连着每个人的前世今生”，让“我”怎忍心无所牵挂无所忌惮无所顾忌？啊，每个人都有来历，每个人都有今生前世，每个生命生而自由而灵魂尊贵、不可替代，每个人都会把最后的目光投向故园家乡！他们的心事就是“我”的心事。

“我”有“我”的执着、坚韧、顽强。作为风，是从来不惧前路崎岖不平的，从来没有过不去的坎；作为雨，是从来不惜汗水泪水的，从来不唱高调“说什么负重前行”；作为雷，是从来雷霆万钧炸开堡垒敲碎顽石的，从来不自我吹嘘居功自傲，只会“庆功宴上默不作声”；作为电，是从来冲破屏障撕裂黑暗的，从来不认为这是什么“奉献”，“我”只是做着该做的事。这勇往直前、忍辱负重、勠力前行、任劳任怨、功成身退、不求回报，是什么？这些都是人类的美德啊。而“我”不过是在“以人类为师”，向人类学习。尽管人类并不以为意，从来保持对“我”的距离，从来不把我视作他们的亲密同类，“不以我为荣”。但“我”却以人类为师、以人类为荣，夙兴夜寐，“日夜煎熬”，“只为留守在人间”，守着人类，护着人类。

“我”有我的本心，“我”的“初心”，作为风，“大风起于青蘋之末”，再大的风，也有最初的缘起，有细微处的开始；“我”有“我”的行动准则、行为方式，“随风潜入夜，润物细无声”，悄悄地来，呵护备至地滋润万物；“我”有“我”的“奋斗”目标、精神气魄，作为雷，“九州生气恃风雷”，天下因“我”而龙腾虎跃，万马齐鸣，振作抖擞；“我”有“我”的抉择方向、选择目标，“电行半空如狂矢”，电火雷车下九关，如漫天箭镞射向死敌怨毒，杀伐决断，不留余地。啊，这一切都是为了人类啊，你看，“我”的初心，从风而起，从青蘋之末而起；“我”的善念，系念于人类疾苦，从忆念人类悲苦呼号而起。

至第 33 节，全诗积蓄的力量获得了第一次的激越爆发，如晴天霹雳，如遏云裂帛，义无反顾，惊天动地。是为一次合奏，一个高潮，一曲宏大的合唱，形成全诗第一个回环。这一节，去掉了柔和舒缓的“啊”字，直接干脆利落斩钉截铁地做宣告、宣示、告白。“谁说我不是风”，“我”是风，是风，是风的“我”，“我为这个世界保守秘密 / 又揭露这个世界的真相”，是风，就有风的坦荡，风的直率，风的雷厉风行。对于隐私“我”不会捕风捉影，不会信空穴来风，而是守口如瓶不会走漏风声；但对为害作乱者，满城风雨却不会让真相被蓄意掩藏被有意掩盖，“我”会要让真相裸露于风中大白于天下，让作恶之徒恶行之举闻风丧胆。“谁说我不是雨”，是雨，是雨，是雨的“我”，“试问这世上谁比我笑得更灿烂 / 又有谁比我哭得更忧伤”，是啊，和风细雨的“我”，杏花春雨的“我”，春风化雨的“我”，是何等的愉悦、灿烂；而风雨如晦的“我”，凄风苦雨的“我”，风号雨泣的“我”，又是何等的哀恸、忧伤。“谁说我不是雷”，是雷，是雷，是雷的“我”，“爆发时天崩地裂 / 沉默时地久天长”。“谁说我不是电”，是电，是电，是电的“我”，“当我完整地破碎 / 我就在破碎中完美”，当“我“在天幕之上炸裂而出纵贯天际，像不像是天空的破碎、云层的破碎？但这绚烂强光一闪而后，破碎的天空恢复如初，完好如初，完美如初。多么像撕裂之后的修复，苦难过后的喜悦，大恸之后的安静。

这一节的激越合奏之后，接下来的第 34 节，马上就又进入了柔板、抒情的慢板，进入宏大恢宏的合唱之后的私语、内省的吟叹。反思自己的矛盾、无奈，诉说自己的做不到、无力之时、无力之处。比如，作为风，不是总能吹散树林中的迷雾瘴疠，可能也不忍吹干墓碑上伤心告别人的泪迹；作为雨，不是总能落到苦旱之地，让干涸的小溪重新流淌，让枯黄的草原重新变绿；作为雷，不是总能震慑制止恶徒的霸凌行径，朗朗乾坤下也会有正不压邪邪恶横行；作为电，不是总能为世界指引正确方向，人类一次次误入歧途彷徨歧路自挖陷阱自断后路张狂自大不知畏惧。

面对人类的弱点、缺陷、愚蠢，这种种的病毒，“我”无力阻止无能预警有心无力，但“我”也竭尽了全力，耗尽了心力。作为风，“即使我身居陋室 / 我也心忧天下”，但一有机会就会出去跟世界融为一体；作为雨，即使“我”在边远偏僻之地，“藏身于沟壑小溪”，但也向往着大江大海，一有机会就汇入激流的汪洋；作为雷，即使“我”喉咙喑哑发不出大声或发不出声，也无力从一地赶赴另外一地，但仍念兹在兹温恭朝夕心系天下随时牵挂；作为电，作为有形无形、自然人力之电啊，即使“我被禁锢于铜墙铁壁”之中，地下暗室之内，也一定要“尽情燃烧自己”发出光明照亮人间，这正如“寒夜雪地”的“那一堆不死的篝火”，给人温暖给人希望帮人续命。

“我”尽我所能，能救一个是一个。“我”知道“我”的局限，但“我”并不畏惧，从不退缩，无愧于心。所以，作为风，“我”敬仰一切值得敬仰的人类，“我”向那些勇往直前不畏艰苦视死如归大勇大智伫立在风中的逆行者敬礼！历史的荣光与苦难在“他们坚毅的眼眸”中映现（此时的武汉、湖北、中国、世界所有疫区的街头、医院、社区、道路，他们出现在一切需要他们出现的地方）。作为雨，在“烟雨迷蒙里”，在迷离不清中，“我”仍在点点滴滴的痕迹中，试图把握历史的细部，了解历史的真相，进而穿透现象，复盘历史，到底发生了什么，何由发生，何以至此？“我”所关注试图叩问的历史，不惟此地此疫，还有更宽广更纵深的天下兴亡、朝代更替。作为雷，长夜漫漫，风雨如晦，为打破这绝望煎熬，“我不惜于漫漫长夜里毁灭自己”，怒吼呐喊，震动天地，甘愿粉身碎骨，只为了能“撕开黑幕让鲜红的太阳”在“黎明前”“冉冉升起”。作为电哟，“我”的生命也是尊贵的难得的不可替代的，“我”也珍惜“我”的“鲜活的生命”，但为了理想，为了人类的理想实现，为了人类的理想“美若云霓”，“我”愿为人类“死去复死去”。惟望每次的电闪雷鸣都能唤醒一个灵魂唤起一个良心。

是的，“我”是坦坦荡荡的。作为风，“我追求我的自由”，“我”视自由为生命、为底线，毫无妥协余地。作为雨，“我歌唱我的慈悲”，众生平等，一视同仁，普渡众生，悲愿无尽，这是我的弘誓大愿。作为雷，“我”要主持正义，呼唤正义，守护正义，护持正义是“我”的职责。作为电，“我”要拥戴真理，彰显真理，宣示真理，捍卫真理，这是“我”的本分。“让非议者非议去吧”，“让非难者非难去吧”，“让嫉妒者嫉妒去吧”，“让诽谤者诽谤去吧”。“我”清楚人间世界圣俗同处、道魔混杂、正邪相依、善恶参差、忠奸难辨。这是人的局限，但不妨碍“我”的爱。

是的，“我”是清清白白的。作为风，对于污垢尘埃，“我”“风卷残云”，不容“心灵的天空”有丝毫“纤尘”；作为雨，对于万物众生，“我”广施博爱，“我”的“慈悲”“柔韧”而“绵绵不绝”；作为雷，“我”代表着正义，“我”的意志力量无坚不摧，不可动摇，“不可战胜”；作为电，“我”

代表着理想，“我”的决心热情电光石火，炽热无边，如“永不熄冷”的“熔炉”。

至此，到第四部分最后这一诗节，全诗再起一波，又一回环，推向新的一个高潮，并回到了副部主题，直面了现实处境（抗疫），回到了初衷——“哪怕瘟神一次次吞没鲜活生命/只要人心永远埋着不灭之火种”——在在映现诗人的现实关怀，不是无病呻吟，不是为文造情，不是风花雪月，不是漂亮口号，这些都不是。“我”无时不在关注着疫情的发展，无时不在关切着疫区的人民，无时不在焦虑着人们的安危，无时不在感动着白衣天使们的忘我，无时不在思考着抗疫政策的制订，是的，“我”与疫区休戚与共，与疫区人民感同身受息息相通。是“我”，是“我”，是“我”——诗人的“我”，风雨雷电的“我”，现实中身处中国一隅忧心忡忡心急如焚众生一员中的“我”，“我”是复数的，“我”不仅仅是“我”。

【《假如我是风雨雷电》中经常以第一人称发言，这个第一人称的“我”究竟是指诗人本人，还是诗歌形象，抑或虚构的歌唱者、吟诵者？这个第一人称功能何在？

通过检索，可以发现全篇总共使用了 1006 次“我”，213 次“你”，相去不可以道里计。在这 1006 处“我”中，题记部分除了引用部分的“我”，其他都是指诗人自己，包括“我多么爱你，人类！”中的“我”，也跟正文 108 个诗节中重复了 106 次的这同样一句话中的“我”意思不同，后面的这句话中的“我”，指的是“风雨雷电”这“诸神”或“半神”的形象。

第1节中的“我”，可以说是一个虚构形象，并不是诗人自身，而是将风雨雷电作为一个虚拟主体，抒情主体、故事化的主人公，以这样一个诗歌形象来出现，它来忆往昔观现世思未来。这个虚构主体、诗歌形象实际上是“我”的功能的主要用途。只是这个“我”是可以分身的，可以分别化作“风雨雷电”中任一个，也可以将“风雨雷电”合二为一。但这只能强化“我”的神通而并不影响作为抒情叙事主体的作用。

第2节开始，一直到第54节也就是五部分结束，都是如此，呈现一个稳定的结构。到了第六部分，也就是从第55节开始，“我”开始出现了“语无伦次”“手足无措”，整体的“我”又有意地进行分身——“风啊——就是我的故乡/雨啊——就是我的田园/雷啊——就是我的果实/电啊——就是我的炊烟”，这里整体的“我”分身为世界的4个部分、4种表情、4种情感、4种精神。这里的“我”，因此就成为郭沫若《天狗》中“我剥我的皮，/我食我的肉，/我吸我的血，/我啮我的心肝，/我在我神经上飞跑，/我在我脊髓上飞跑，/我在我脑筋上飞跑”那样的“我”，是“我便是我呀！/我的我要爆了！”那样的“我”。奇崛热烈，激情四溢，如雷霆如瀑流，不可遏制，不可阻挡。

全篇每节的最后一句，诗人也都设计了一个第二人称“你”，这个“你”的指向很明确，专指“人类”。不过从第10节开始，

“你”的出现频率增加，也开始不再只指“人类”，而是有了更多指向。那么，这个第二人称的功能又是什么？相对来讲，第二人称“你”的功能不算复杂，除了指代与风雨雷电对应、对话、倾诉对象的“人类”，另外不多的“你”，偶有指代诗人本人“我”或虚构的吟唱者“我”的对话对象相当于听众或读者的“你”。

这样一来，第二人称的“你”，必然与“我”之间形成对话，就形成一种情节转换。“我”与“你”共同在场，功能上来讲，意味着一次次对话的展开，这无疑是颂诗中的“我”对另外一个在场者的直接互动——这也正是颂诗中“我”的戏剧角色。

这是一种非常符合现场情境的高妙笔法。当读者或听众听到“你”的时候，会不自觉地形成一种在场感，从而将读者观众卷入颂诗的朗诵或演唱的情景。这就是说，通过这种写法，诗人既形成一种颂诗的内部对话，又形成一种与读者/观众之间的潜在对话。对话是戏剧的本质特征。这样诗歌的戏剧性就出来了，因此，这也是该诗可以表演/演出的一个特点。从另外一个意义上讲，说明了该诗作为颂诗，与人类和民族国家共同体生活方式之间的关系或者说意图，这样的诗歌，一定需要朗诵，通过表演（或演出），才能道成肉身，澄明得以敞开，最大可能地进入社会生活和政治生活。】

五

第五章16首。如果说前面四个篇章自问自答了“我是谁”，这个篇章上来就回答“我从哪里来”，不过在这里的回答是一种展开、铺排，不是小声小语、小腔小调，而是大声大调、高声高语的方式。小曲小调适合于说明、解释、低语、思虑、沉吟，如咏怀诗，大曲大调则更像是吟唱、呼告、宣示、独白，是情不自禁，是感情兴发，是李白李贺式的豪迈激越。第39节，分为了5段，每段分开来写风、雨、雷、电，“我就是风啊”“我就是雨啊”“我就是雷啊”“我就是电啊”分别重复了3遍——似乎是，前面的章节都是为这里的兴发做铺垫的。一章一章，一节一节，都在言说着，讲述着，倾诉着，但大都从特定角度，抒特定情感，发特定思考，都似百川奔流，最终汇入大洋大海。而终于，到了这里，就如同在即将入海的宏阔涌潮之地，而遥襟俯畅，逸兴遄飞。于是，有了风雨雷电的正式宣告。

“我就是风啊/我来自波平如镜的水面/也来自峰峦叠嶂的谷底”，“我”来自水面，“我”来自谷底，“我”来自一切生风之处，无处不在，无处不是。“我”是“清凉”的，“清凉”是“我”的本来面目；若感到“我”的“冷漠”，那是因为“我”也有“我”的桀骜和“叛逆”。“我”本柔弱，起于青蘋之末，譬如“飘絮”，譬如春风拂面，拂面之杨柳风；

而“我又坚韧似剑戟”，刚强坚硬而且韧性十足，是呼啸怒号的风，是遮天蔽日的风，是飞沙走石的风，是大风起兮云飞扬的风。

“我就是雨啊 / 我在春夏结伴而来 / 又在秋冬不期而至”，“我”在春夏时节“结伴”而来，不请自来，密集出现，频繁造访；而在秋冬季节，“我”会不请自来，“不期而至”，喜欢突然造访，给人惊异或者惊喜。“我”有“我”的“温婉”，温柔婉约之时“沁人心脾”；但“我”也有“我”的任性和发怒，“我”“决绝”之时，也会“伤人骨髓”。“我”还会“着急”，疾风骤雨，携风带雨，以一阵阵急雨去敲击人家的房门；当然更多时候“我”给人的印象是“来去无踪”，神神秘秘，说来就来，说去就去，捉摸不定。

“我就是雷啊”，来时携风带雨，雷掣风行，雷填填兮雨冥冥，而更多时候“我”是“孤军奋战”，惊雷起于旷野，闷雷起于人迹罕至之地，所以你往往听到雷声是在远方响起。作为雷，“我”的出现并不经常，不频繁，人们只知雷的少见，并不知其中的缘由——“我每次莅临”啊，都“历经劫难”，经过千辛万苦，才终于来到人间。但需要“我”时，却从不缺席。还有，人类只知道雷公有张“狰狞面孔”，令人闻风丧胆，“却不知我更有一副菩萨心肠”——世间历劫，“我”从来都在现场，如这雷神山，如这武汉，如这中国，如这世界，如那个大风暴雨夜，响起那震天动地的声响。

“我就是电啊”，“我”以“四海为家”，所以没有家，也就“无家可归”、无处不可为家；“我行侠仗义”，主持正义，公正裁决，替天行道，所以你看，当“我”闪现于雨幕，纵跨于天际，那不是荣耀，不是狂喜，那是“遍体鳞伤”，满布的伤痕；而你看我“通体光明”，那也只是瞬间，刹那间的辉煌，魂魄便速生速死融入无边的黑暗——无数次的生生死死死去重生。但黑暗何曾能够长久？如“我”，如人类，何曾屈服于黑暗！

此节以如此的喧响和巨制，构成为第五部分的总纲，下面的诗节则是对关目的展开——是风，是风，是雨，是雨，是雷，是雷，是电，是电。没错，“我就是”！为什么“是”？怎样“是”？下面的诗节就逐一写出来“是”的缘由、属性、来处。是的，第 40 节说的就是来处。

“我就是风啊！”“我就是雨啊！”“我就是雷啊！”“我就是电啊！”“我从哪里来？”“我到哪里去？”

“我一直都在寻觅”——寻觅什么？

“我一直都在追忆”——追忆什么？

“我一直都在呐喊”——呐喊什么？

“我一直都不离不弃”——对谁不离不弃？

“追忆”是为了“寻觅”，“呐喊”是因为“不离不弃”，为什么？何以故？

这一节，似乎句句皆是偈语，句句隐藏深意，句句需要猜谜。如果不联系后文，这样的猜谜游戏肯定无解。

寻觅什么？寻觅（疫情）真相，发生了什么，何以至此。

追忆什么？追忆历史（发病蔓延过程）。

呐喊什么？呐喊正义，为民请命。

对谁不离不弃？疫区黎民，天下苍生。

结合诗作的暗线、隐含主题，明白诗歌的这个内在逻辑，就大概可以读懂诗作隐藏极深的微言大义。当然，这样的读解，尽管可能仍是一种猜谜，不过却不至于谬以千里。所以，顺承这样的逻辑，接下来的第 41 节，我们就看到了作品在这一节中，重点交代“我”与人类的关系。

是风，“生于混沌发于鸿蒙”，来自混沌，来自宇宙源初，天生就是“一团正气”，即使到了人间，仍是如此；是雨，无论疏密、骤急、晦明、大小，都总能对人间的“忠奸善恶”了了分明；是雷，远近之间，强弱之间，已然把人世的悲欢离合看个明白；是电，明暗显隐之间，也能对人生的生离死别一一参悟。那忠奸善恶、悲欢离合、生离死别，都是人间的常态。

是的，七情六欲生老病死人生八苦都是人间常态。所以，是风，“风起处柔柔弱弱”，是“我”生命柔弱一面的“叹息”；是雨，“雨歇处蓬蓬勃勃”，却是生命坚韧一面向“我”的展示；是雷，“雷鸣处轰轰烈烈”，“那是我对生命的警醒”，祸已至此，再也经不起大意；是电，“电闪处生生灭灭”，“那是生命对我永恒的承诺”，生生死死无有穷期，缘起性空没有止息，电光石火是对“我”的提醒——生命犹如梦幻与泡影，亦如朝露与电光，但生命又是这么宝贵稀有，既然人身难得，就要过好一生一世——这也正是“我”对人类的承诺，护佑人类，守护这红尘世间。

而这世间正遭逢疾疫灾难，“我”置身疫区，在灾民中间，但是，你要知道，请你明白，作为风，“我”从来没有传播任何疫疠之气；作为雨，“我”从来没有流淌任何肮脏的东西；作为雷，“我”从来没有发出恐怖的声响；作为电，“我”从来没有制造人们的惊慌。是“魔鬼”深夜入门，传播疾疫；是“魔鬼”发出狰狞的声音。是“多少柔弱英雄”以血肉之躯正抵抗阻挡着“妖孽”在尘世施虐，是人类正奋不顾身自己救自己。

当此之际，“我”该怎么办？“我”该做些什么？“我”该如何面对这疾疫？加入这抗疫？“我”将如何献出一己之力？“我”将成为怎样的自己？

“我”是风，“我”只是风的一种，除此之外，还有别的风，各种各样的风，“我只是我自己的风哦”，“我”只是人间的风、自然界的风，天地之间的风，但“我自己的风唯独不属于我自己”，“我”不能让“我”只属于“我”自己。正如作为雨，虽然“我只是我自己的雨哦”，“自己的雨”却又“唯独不属于我自己”，不能只属于“我”自己；作为雷，虽然“我只是我自己的雷哦”，“自己的雷”却又“唯独不属于我自己”，不能只属于“我”自己；作为电，虽然“我只是我自己的电哦”，“自己的电”却又“唯独不属于我自己”，不能只属于“我”自己。

“我就是我啊/但我的我与所有的我不同”，与众不同的“我”要为人类做些什么，要为人间做些什么，为天地生灵做些什么。“世界受伤了，人类会好吗”？“我”知道只有人类才有这种认知，这种反思，这种觉醒。这也是人类的可贵之处，人类因能反思而成为万物之灵，“试问天下还有何种生灵若是”？

【这一诗节的最后，全诗第一次提到“人是万物之灵长，宇宙之精华”的观点。但诗人在这里并非是以自豪、骄傲的口吻来写的，而是建基于人类的反思能力、反省精神这个角度来说的。这并非文艺复兴人本主义的虚假的“人类是万物尺度”观念，而是上升到批判精神来重新思考。

人是万物的尺度，公元前490—前480年之间的古希腊哲学家普罗泰戈拉提出“人是万物的尺度”，断言人们对一切事物，无论是现实存在的事物还是不存在的事物，人都可以根据各自的感觉作出不同的判断，无所谓真假是非之分。苏格拉底据此修正为“有思想力的人是万物的尺度”。这有什么不对吗？诗人黄惠波在此是要否认人为万物立法、是万物的尺度的正确性吗?

是的。这正是该诗作思想立论的一个支点。诗题为“假如我是风雨雷电”，自然是宕开一笔的赋比兴式的修辞，修辞的目的当然是写人，写人与自然，写人与自然的关系，写对人和自然关系的反思。所以，全诗的主旨至此，终于直面了这个问题——如何理解人？如何理解人的主体性?

诗人化身为“风雨雷电”，以这样一个化身作为叙述者倾诉对人类无条件的爱——不管人类有怎样的缺点，都不妨碍对人类的赤诚之爱——每一诗节的最后一句，都以“啊！我多么爱你，人类”做结，炽烈之情无以复加。

爱人类，无条件的爱，无以复加的爱，作为精神上的恋人一般的爱，接近于恋人之爱却又超越世俗具有某种神圣性的爱。这样的情感，实际上把人本质化了，是一种对本质化之后的人类的爱。

本质化的人，难以避免两种定义——人是主体和人是自我，即人是有限的还是无限的，是受制约的还是不受制约的，在“乞求者”与“上帝”（荷尔德林《许佩里翁》）之间摇摆。这种认知的两元性，其实也是诗人对人的认识和理解建基于中西哲学之间的必然反映。

作者稳定的价值观和世界观形成于20世纪80年代启蒙主义的高扬时期，来自西方文化的影响是深刻的，但同时作为出生于潮汕大平原传统文化文脉一直留存较为持久的学子，其宇宙观、世界观、人生观显然也呈现深刻的中国文化结构的深层次构建，这样一来，人作为一个复数、一个集合、一个整体，在诗人的知识、价值与信仰中，就显示神秘主义的瞬间入迷、静穆的永恒在场、兴奋的心灵向上，人类包括生灵都可以实现从有限到无限的超越。这种超越能力，就是人的主体性对客体性的超越。人所具备的美、爱、和谐、善良、慈悲等美德，同样就不仅仅是人性，还是神性，是永恒、神圣、源初或者神格化的天、上帝、神佛等神圣性和绝对意志的传达、投射、照耀、敞开和体现——黄惠波继承了荷尔德林对人的本质属性或者说人的完美性的发明（既是古典意义上的，也是浪漫主义意义上的；既是神秘主义的，也是形而上学的；既是老庄佛道的，也是康德费希特施瓦本和莱布尼兹的），即同时兼备有限与永恒、人性与神性的本质。作为时代之子，黄惠波正是如此在有限与无限的范畴内对人进行思考。

该诗表面是假托风雨雷电之口，追问“我是谁”“我从哪里来”“我到哪里去”，当然实际上是对人类关于上述问题追问的追问——怎样才是有意义的人类的生存，如何实现人类的诗意栖居而不只是充满劳绩。因此表面上是风雨雷电的颂诗，实际上何尝不可视作理想的人类或者说乌托邦的人类的颂诗？

关于人、关于理想的人是什么的问题，该诗做了回答，但诗作并没有停留在这里，而是超越了人存在的视域，人之外还有更高更无限的神圣体，人之外，人所依傍、所附丽的大地、自然，其实并非仅仅是配角，并非仅仅是为了衬托人的伟力，万物并非只是因人类而产生存在感。如海德格尔阐释《莱茵河》一文时对人类的命名——“大地之子”，那便是人类。人在大地上，上面还有人神之间的“半神”，更上面还有“诸神”，诸神之上还有“神圣体”，这是海德格尔阐释的荷尔德林的宇宙图式。这样的图式其实我们也并不陌生，在中国的信仰当中，“人 - 半神 - 神”的大致结构也是成立的，佛道和民间宗教都支持这样的结构。只是诗人将风雨雷电人格化或神格化后，就既顺承了佛道及民间宗教中的中下层神灵（风神雨神雷公电母之类）的谱系，也对应了荷尔德林命名的“半神”（荷尔德林中的半神，既可以是实体化为酒神以及河流山川，也可以虚化为一种中介比如“命运”）的概念。诗人的自然观、世界观、宇宙论，大致因此可以见出面貌。】

这句“试问天下还有何种生灵若是”——仿佛天启般的宣告、昭告天下，如众神降临，如圣灵加持，道成肉身的风雨雷电宣告来自天界、神圣体的消息。

所以，“我”有“我”的荣幸，与人类为邻与人间为伴。作为风，“我安抚人间的哀伤 / 又分享他们的欢畅”，如同他们的亲人；作为雨，“我诉说动人的故事”，这一个个“我”亲见听闻的人间故事婉转动人，却有时也柔肠百结；作为雷，“我”从天外偷来秘诀，教会人类刀耕火种技能知识，还不忘“大声地告诫人类”戒惧惕厉；作为电，“我窃来宇宙的金钥匙”，攥着这把神奇的“金钥匙”，一次次帮助启迪人类解开尘世现象之谜，开启尘世运转种种规律。“我”如盗火的普罗米修斯，“我”如窃取金羊毛的伊阿宋，这天外秘诀，这宇宙金钥匙，都是天神不传之物，都是天帝防范人类之物，但“我”敢冒盗窃之名，敢违天神意志，为人类取来这天界神圣之物，让人类拥有部分天界智慧和神灵般的能力。何以故？

何以故？是“我”洞悉了“尘世之门”后面的秘密，这秘密就是“大地高低不平而众生平等 / 众生平等而高矮呈现”——大地有高低有平凸，但大地上众生平等；大地上众生平等，但肉身上却各有高矮胖瘦。是的，“我”理解，众生平等，众生灵平等，无论人类还是恶鬼畜生，皆生而平等，本性上并无高低贵贱，一切众生皆有智慧本性，人人可以觉悟觉醒，终有一日得以解束去缚打破枷锁；“我”也明白，众生平等只是本性上的平等，智慧和觉悟的平等，同出本源同趋大道的平等，但因缘和合，因果各别，显现在肉身、命运、道路上，就有云泥之判霄壤之别。这就是人类的真相啊，“我”觉得。正是从人类这里，“我”洞悉了宇宙的秘密，尘世的秘密，人类的秘密。“我”也明白，生命如此可贵，众生同源太初，同体而大悲，万物皆一体——他们的生生死死，都源自对爱的渴望，对生命的渴望，才现身如此。

洪钟大吕之后，接下来的第46节又回到了私语化的叙事，如溪流，如微风，如细雨。但这一节并不是抒情，不是赞美，不是探究，不是说理，而是抱怨，宣泄一种情绪："我"如此与人类同情同理，人类却对"我"视而不见，隔膜疏离，对"我"并不了解、不熟悉，甚至常常是敬而远之——"世人永远分不清"风的"愤怒与呜咽"，"世人永远辨不明"雨的"决绝与柔情"，"世人永远听不懂"雷的"无助与呐喊"，"世人永远看不见"电的"孤单与飘零"。"我"的孤独，人类不懂、不明、不清、不解。如先知在家乡不被悦纳，在家乡不被称为先知，"我"的求索之路，"刀丛火海"中的艰难前行，正如孤独的先知，如为了真理"独自行走"的战士。

"我"就是这"神圣之士"啊，"于刀丛火海中""独自行走"，无所畏惧，"我"其实也享受这"孤独"。比如，作为风，"即使阅尽了人间春色 / 我依然钟情于到处流浪"，绝不肯留恋一处，而是志在四海；作为雨，"即使尝遍了世道沧桑 / 我依然品味着苦中之甜"，绝不愿绝望放弃，而甘愿苦中作乐；作为雷，即使"我"呼风唤雨貌似雄霸天下不可一世，但其实"我"享受"形单影只独守苍凉"，孤独和苍凉能给"我"力量和思想；作为电，即使"我"上天入地出神入化貌似无所不能，但其实"我"惟愿慎独终始不事张扬保持筚路蓝缕的本色。

总之，“我”就是这样一种孤独的存在，所以啊，人类，“我”的朋友，“我美好的人间”，在这美好的人间，作为风，“我”更多时候是无形的形象而非可见的形象。作为雨，“我”更多时候是“顽强”的形象而非“悲哀”的形象。作为雷，“我”更多时候是“瞬间”的形象而不是“永恒”的形象。作为电，“我”更多时候是极致的形象而不是平淡的形象，愈黑暗愈见“我”放大光明。

“我”就是这样！“我”就是这样的风啊，“我本翻江倒海”！“我”就是这样的雨啊，“我本泥沙俱下”！“我”就是这样的雷啊，“我本主宰生死”！“我”就是这样的电啊，“我本升天入地”！但此时此地（武汉、湖北、中国、世界所有的疫区），发生了什么？神通广大、法力无边的“我”看见了什么？经历了什么？“我”看见有人“在（风的）飘摇中伫立”；“我”看见有人“在（雨的）泥泞中跋涉”，“我”看见有人“在（雷炸响的）的山之巅狂笑”，“我”看见有人“在（电闪中的）屋檐下睥睨”。有人伫立风中坚守，有人踩着泥泞出发，有人顶着雷声作业，有人借着闪电思索，他们风雨无惧，勇猛果敢，难行能行，坚韧顽强。

是啊，“我”本天赋神力，你可以听见“我”在大自然中的声响，但其实，这声响并不是“我”所制造——作为风，“我本无声/是谁听到了呼呼猎猎”？作为雨，“我本无声/是谁听到了淅淅沥沥”？作为雷，“我本无声/是谁听到了轰轰隆隆”？作为电，“我本无声/是谁听到了霹霹雳雳”？“我”本是无声的风、无声的雨、无声的雷、无声的电，那“呼呼猎猎”“淅淅沥沥”“轰轰隆隆”“霹霹雳雳”都来自何处？因何产生？“我”知道了，这些声响，都来自人类的听觉、人类的想象、人类的描述、人类的修辞——“是人是人是人是人哟”——是人类赋予了“我”，赋予了风、雨、雷、电的命名，以及种种神奇、种种传奇、种种冠冕、种种表述，寄托了他们的心灵期待、愿望、梦想，没有人类就没有“我”，就没有名之为风、雨、雷、电的“我”，就没有盛名之下的“我”、进入人类历史的“我”、进入人类记忆的“我”、进入人类生活的“我”、进入人间秩序的“我”——这“我”是“我”非“我”，是不是“我”的“我”！

从而，没有人类哪里有“我”！

“我”与人类生死相依啊，接下来一节，恍若风、雨、雷、电的情难自已，放大悲声——“我是谁”，“我”已经不想再多说了，“我”就是风，“我”就是雨，“我”就是雷，“我”就是电，但是风、是雨、是雷、是电的“我”，当此之际，当此之时，当此之地，“我终于沉默了”——“那是暴风眼的沉默”；“我终于停歇了”——“那是倾决前的停歇”；“我终于嘶哑了”——“那是大悲无言的嘶哑噢”；“我终于倒下了”——“那是翻江倒海的踉跄啊”。这一夜，这狂风暴雨惊雷闪电撕破天空的夜，如列缺霹雳，丘峦崩摧，“我”——风、雨、雷、电，共同出击驱赶祛除疫魔——终于“我”力竭了，“沉默了”，“停歇了”，“嘶哑了”，“倒下了”。到底发生了什么？这一切都因疫区灾难而爆发啊，然后戛然停止，天地动容之后，陷入短暂无声、静寂。无声之中，是人类和“我”共同的痛疼、悲戚、哀恸。风停了，雨歇了，雷哑了，电收了。一地的水流，倒映着影影绰绰的灯火、天光，还有从远处、天际偶尔闪过的微弱的闪电，这“慈祥”、这不甘、这悲悯，都是闪电的残影，是闪电“倒下”后未了的心愿、未竟的决心和不停止的爱啊。

下面一节顺着这一节，写到了“我”的叹息，这叹息源自一种无力感——尽管“我”出身高贵精纯，能量天下无匹，与天地同根同源，是“宇宙之呼吸”“宇宙之血脉”“宇宙之喉舌”“宇宙之眼眸”，但此时，“我”的眼前，却栖栖遑遑，凄凄惨惨，形如世界末日——“静默的街道”，断了人迹；“孤苦的街灯”，发着残光。这是怎样一副历劫渡劫的形象！

在这凄凄惶惶的疫区啊，“我”能做些什么？当病毒肆虐、瘟神猖狂，人们仆仆道途，关门闭户，踣地呼天，声竭泣血，“我”做了些什么？“我就是风啊 / 我的风在眼眸里生成”，看在眼里的“我”，风就在“我”的眼中生成，骤然间形成了风暴；“我就是雨啊 / 我的雨在我心尖改变”，记在心里的“我”，雨就在“我”的心尖改变，刹那间形成疾雨；“我就是雷啊 / 我的雷埋藏于我的胸前”，“我”的胸前埋藏着炸雷，准备随时发雷霆之怒；“我就是电啊 / 我的电在我的身后催我奋进”，电紧跟在“我”的背后，风连着风雨连着雨雷连着雷电连着电，一起出现，后先相继，前赴后继，势要鞭打这魔，助人驱赶这疫，斩除这毒。“我”的集结只在瞬间，瞬间生成“我”的救援。

何以“我”可以做到呢？你可知道，“我”是风，“风即是虚，虚即是实”；“我”是雨，“雨即是实，实即是虚”；“我”是雷，“雷即是玄，玄即是真”；“我”是电，“电即是真，真即是玄”——

“我”是风，是气，是空，是无，是虚，是虚无缥缈的，但风有大小缓急，随物赋形，你说是虚是实？

“我”是雨，是云，是雾，是水，是江河海洋，是触手可及的，但雨从气体中来，回到气体中去，你说是实是虚？

“我”是雷，起于何处，始于何因，震慑者何，斩杀者何，太多玄奥，让人不思其解，但可闻其声，可判其所，可辨其烈，你说是幻是真？

“我”是电，有光，有亮，有形，有色，绚烂而壮丽，但却凄美而短暂，如雁过长空，如影沉寒水，雁无遗踪之意，水无沉影之心，你说是真是幻？

眗兮杳杳，孔静幽默，真空妙有，用寂体一。风、雨如是，雷、电亦如是。

虚实之间、玄真之间，体用无二，非虚非实，亦虚亦实，非玄非真，亦玄亦真，虚实真幻存乎一念。对“我”来讲，来处去处形象功用，其实皆如梦幻泡影，如露如电，并无意义——“所有的穷困荣华疾病健康 / 所有的天地玄黄宇宙洪荒”，世间万物宇宙洪荒，荣华富贵生老病死，所有的世间功利缠缚，何尝不都是如此？本来有什么好执着挂碍颠倒梦想的呢？但是此刻，此刻的“我”确是真是实，是当下的存在，如人间的心跳，如心潮的激荡起伏，是众志成城中的一个分子。这一刻，“我”是实有，是存在物——到底，“我是人间的心潮激荡哟”，“我”是人类的心念，是人心的投射。

六

第六章 11 首。从这个诗节开始，风雨雷电以一个整体、一个统合形象、一个合体——“我”就是一，“我”就是多，“我”就是一和多、是风雨雷电的四而一一而四的合体。“假如我是风雨雷电”于是出现于叙事。

“假如我是风雨雷电”，那么“风啊——就是我的故乡 / 雨啊——就是我的田园 / 雷啊——就是我的果实 / 电啊——就是我的炊烟”，“风”是“风雨雷电”的家乡？“雨”是“风雨雷电”的田园？“雷”是“风雨雷电”的果实？“电”是“风雨雷电”的炊烟？此处的自己证自己，何解？其实，风雨雷电作为一个合体，作为一体的一个神化的形象或者直接说作为一个四面的神灵，通过分解为故乡、田园、果实、炊烟的四个部分，四个部分恰好构成一个完整的家园的物化形象——“风雨雷电”就是“我”的家园。

“假如我是风雨雷电”啊，那么，“风啊——就是我的笑脸 / 雨啊——就是我的笑颜 / 雷啊——就是我的笑语 / 电啊——就是我的笑影 /”，“风雨雷电”就是“我”的脸，是“我”愉悦时的表情、面貌、动作和语言，是笑的影子的留存。“我”其实就是自然的脸和脸上的表情，是自然情感投之于人类脸部的影子。那么，风雨雷电合体的“我”是谁？“我”是自然之神，是和人类相爱相守的另一半。

上面两节的虚构形象、叙事者“我”主动承认自己这是“语无伦次”“手足无措”，是因为“我”的大我和小我，产生了纠缠，肉身与精神产生了分离，是一段自己审示自己、自己想象自己、自己想象人类或者说是以人类自许的短暂的梦呓式的独白——“我”是“我”又不是“我”，“我”的“我”是一切的一，是一的一切，是万能神意的昭示，也是人性神性的总和。

“假如我是风雨雷电”啊，那么，“风啊——就是我的愤怒 / 雨啊——就是我的悲悯 / 雷啊——就是我的抗争 / 电啊——就是我的牺牲 /”，“风雨雷电”就是“我”的情感，“我”的行动。“我”有爱恨情仇，喜怒哀乐，爱与悲悯，抗争与牺牲。在这个 2020，在这个 2020 的春天，新冠侵犯，COVID-19 围城，“我”愤怒，“我”悲悯，“我”抗争，“我”牺牲，“我”伤痕累累，“伤口”“滴血”，“我”极目所见，满世界都是焦灼、惊慌之眼，痛不欲生之眼，欲哭无泪之眼，血泪斑斑之眼，是的，“我”“惊见”人们的眼里全是“血泪”，这如何让“我”不“心碎”？是的，“我”感觉到“我”的“心碎”——“像人一样觉得心碎，心碎”！

“我”心碎，“我”的心与人类紧紧相连。“风啊——就是我的胸怀 / 雨啊——就是我的性格 / 雷啊——就是我的意志 / 电啊——就是我的品质 /”，“风雨雷电”就是“我”的性情。为了人类，“我”甘愿献出“闪烁的青春”乃至“高贵的生命”；为了人类能安宁栖身于这片大地，“我”宁愿粉身碎骨也在所不惜。

听，这风雨雷电的心声，这是“我”用嘶哑的喉咙唱出的心声，是深沉的、静穆的、决绝的、坚定的声音，是饱含深情的声音。

如果说上面三节以复沓方式、赋比兴的修辞，对“假如我是风雨雷电”进行了三次分身式的独白抒情，接下来的一节从低沉、深沉、苍凉、哀恸之调，骤然上升八度，一跃而为激昂澎湃，霎时如惊涛拍岸，卷起千堆雪——“那么风啊/所有的燃烧都是我的燃烧”，“那么雨啊/所有的富饶都是我的富饶”，“那么雷啊/所有的号角都是我的号角”，“那么电啊/所有的自豪都是我的自豪”！“我”把“我”的生命全部献给这片大地和这片大地上的人类，“我”所有的荣耀，都归人类；“我所有的自豪都属于我眷恋的人类”！而“我”什么都不要！

激越浓烈沉郁的抒情之后，第60节如同吹出了长笛独奏般的一段清唱：

“假如我是风雨雷电”，那么，亲爱的人类，当你在任何一个“月黑风高的晚上”，或者“细雨霏霏的清晨”，或者“雷电交加的午后”，或者“电闪雷鸣的黄昏”，关切着“我”，“凝望着我”，只要“你真诚”对“我”“凝望”，只要你用心，“你将听到我坚定的声音/‘这就是苦难，这就是辉煌’”！

是的，是苦难。时代之尘落到每个个体头上都沉重如“大山”，当个体遭遇疾疫，痛苦、生离死别、痛不欲生，这就是人人不忍遇到见到的个体的苦难。但疾疫总会过去，这个春天，这场灾难，总有一天会成为人们的记忆，在漫长的人类历史上，这样的灾难曾经发生，也仍会发生；这样的灾难和悲剧个体实苦，但众人的生死相助众志成城却总能成为这个群体走向“辉煌”浴火重生的契机。而且“人间的所有岁月”，在“我”看来，“也只是千年一瞬”。但即使如此，即使人生实短，即是时间无情，疾疫在“我”眼中也不过是转瞬即逝的事，但“我”怎会不痛不痒不闻不问？再短的人生也宝贵无比无法再来，再弱小的众生也本性清白法性平等并无高下。所以啊，“我”不会停止对每一个个体的爱、不会抛弃对每一个人的守护，人类啊，当“你真诚地凝望着我”，你一定会感知到“我”也“目不转睛地守着你”。

那么，现在，“我”要行动了！“我”要发声、发怒、发威了，“我”要使出“我”的招数、武器、法力了——

疾病、愚昧、自私、猜疑、妒忌、伪善、奸诈、邪恶、荒谬、强权、傲慢、偏见、丑陋，所有的恶、所有的罪，你们都给我滚开！

健康、智慧、悲悯、信任、爱慕、纯真、正直、正义、真理、卑微、谦卑、公正、美好，所有的善啊、所有的德啊，你们都快快降临吧！

啊，这是一个怎样“寡廉鲜耻的世界”，人类是怎样的“多灾多难”！罪恶盈道，美德崩缺，人心惟危道心惟微，人类自己的鲜廉寡耻导致了人类的多灾多难。是人类迷失了方向和道路，灾难何尝不早已在人类这里埋下了隐患。

人类迷失了心性，那么“我”呢？“我”看到了问题，但“我”可有资格指责他们？并无资格。“我”也是“我的妖魔”呀，“我”也有“我”的心魔。人人皆有罪，“每个人身上都有一群妖魔”，这种种贪欲恶意心魔总会伺机出动，人人难以避免。可怕的是，人们对于自己的人性人心之恶并无察觉无意识无觉知能力，甚至以恶为美以耻为荣“以魔为仙”。我们都一样，“我”也同样如此。抬望眼，“我”看到神魔在天地间出没；向内看，“我”自己心中何尝不正进行着正邪之间的估量与对决？此时此刻，“我”醒悟了，“我”觉知了这个刻骨的真相，所以，“我”，“风雨雷电”的“我”，“我”要去，让“我”去，“驱走所有人心中的妖魔 / 让朗朗乾坤永远驻守人间”！

驱除妖魔后的“我”，将是怎样的一个新的“我”？

“恬静的和活泼的”“深思的和激烈的”“咆哮的和窃语的”“怦然的和訇然的”“雄浑的和清冽的”“短促的和悠长的”“高亢的和浅唱的”“快乐的和忧伤的”“寒冷的和炽热的”“明亮的和阴暗的”“巨大的和纤弱的”“素朴的和孤高的”“简单的和复杂的”“汹涌的和干裂的”“柔软的和坚硬

的”“笔直的和弯曲的”“圆融的和方正的”“纯色的和多彩的”——这就是新的“我”。

这种种特征、特质、特点，诉诸感觉、认知及以物理属性和心理感受，既有六根，亦有六尘。“我”一定必须是美的、善的，必须是涵盖了一切复杂性、可能性的，倾尽了人间所有关于风雨雷电的属性的概括、描述和想象的，从而这样的“我”是，且必须是，是“我”所是本来所是，是本该如此的本来面目，而不是熏染后的有魔性的“我”。

但这样的“我”是仅仅说“我”吗？这里的“我”是人间眼中、心中理想的“我”，本该如此的“我”，从而这样的“我”也就成为契合、对应、相应人类世界、人间世界的“我”。

当然，这样的属性还不够。理想的“我”，还必须是“弱小的和强大的”“有数的和无限的”“有始的和无终的”“恬淡的和悲壮的”“忍让的和战斗的”。能发挥自己的强大到极致，也能承认自己的不足；能活在当下也能面向未来；能看到苗头把握起始，也能了知宇宙大千无量无边纵使千年亦是一瞬；能知白守黑知雄守雌谦卑自牧，也能天行健君子以自强不息；能忍辱负重隐忍不发等待时机，也能勇敢坚毅慷慨悲歌斩杀仇敌。“我”是刚健的，亦是柔软的；是现世的，亦是历史的；是慈悲心肠的，亦是霹雳手段的；是无为的，亦是无不为的。“我”所成、所是、所为，不喜欢战斗的“我”，不得不战斗的“我”，“我所有所有的战斗 / 都是为了止息战斗”，一切都是为了和平，孕育和平，迎接和平，维护和平。你看，你看到了吗，大地啊，“我”守护的地母啊，“大地宽厚的胸膛”肚腹之内，十月怀胎的“和平之婴”已经成熟，即将分娩，呱呱坠地，“我”就是这“和平之婴”的接生者呀，是我第一个“抱起血淋淋的和平之婴”——和平之婴从此诞生！他是圣灵，是先知，是真理，是道路，是梦想，是拯救，是引领，是治愈，他发出的“清脆的啼哭”带来神圣体的意志——“让所有病痛和不幸从此远离人间”。

“和平之婴”！“和平之婴”诞生了！于此，作为痛定思痛、人类反思的结果，或者说代价之后的重生，从而也是人类的新生的象征——“和平之婴”诞生了！成为该诗行进中的一个重要里程。接下来的第 65 节，也是第六章的最后一节，在“和平之婴”诞生之际，来了一个华彩，一次庆典式的华丽抒情。用了毫无违和的叠加、递进、重复的修辞，作为赞美，作为礼赞。

“啊——风啊”

“所有所有的风雨雷电啊”

“所有所有的风雨雷电啊”

“我的风雨雷电啊”

相近或相同句式重复再重复。

“我要问无尽无穷的时空”

“我要问无尽无穷的时空”

“所有无穷无尽的时空”

“所有无穷无尽的时空”

更加重叠的句式更是重复了四次。

主要旋律反复出现并作强化。水到渠成一气呵成不可遏制的激情，喷涌而出，只为了在这里表达这样的一句——“我所有存在之意义哟只在人间”——如此崇高，如此雄壮，如此慷慨，如此华美！在盛大的合唱曲中，第六章将“我”与人类的关系，以这样斩钉截铁的宣告作为结束，卒章显志。

七

第七章 11 首。从“假如我是……”又回到“假如我不是……”的结构和循环式上升渠道，或者说进入全诗总体上的结构循环。写到这里，第七章的第 1 节，也就是全诗的第 66 节，如果说从起承转合的重要性第 33 节是第一个高潮，暗合了民间 33 层天的一种隐形结构、一种集体意识的格式塔心理，那么第 66 节也起到了同样的心理暗示，可能诗人也不一定有意，但确实正是从这一节开始，全诗已经进入到三分之二的章节。

全诗至此，元气依然充盈淋漓，“我”还有没有说完的话，还有没有抒完的情感。

“假如我不是风雨雷电”，假如不是，那会是怎样呢？如果不是，如果不配、不能、不必做风雨雷电，那“我”应该做什么？成为什么？有什么用？

如果做“一座高山”有什么用？如果做“一片草原”有什么用？如果做“一汪秋水”有什么用？如果做“一泓深潭”有什么用？“我”本有高山之志、草原之情、秋水之思、深潭之智，做这些，也许以“我”微薄之力尽可能改善环境恢复人类家园生态面目。“我”还想做“一块石头”，那“我”可以成为“药石”（以济特效医药之缺）；“我”还想做“一丝嫩苗”，那“我”可以成为“旷世良药”（救命的稀世草药）。如果这些仍超出“我”之能力无法实现，或者，再不济，“我”可以成为“一声叹息”，成为“一个念想”，不停诉说着对“尘世的念想”，对人间的消灾祈福。“多么美丽而遥远的尘世念想哟”，“一切的一切”都是“我”对尘世的无尽的情意。“我”愿成为尘世愿我成为的任何东西，只要对人间有所裨益——高山之高，草原之广，秋水之阔，深潭之深，药石之功，草药之效，叹息之恋，念想之思，“我”愿成为人们愿“我”所是，这正是“我”的念想——“美丽而遥远”，仿佛天上的彩虹！这是可以实现的吗？

“假如我不是风雨雷电”，不是，做不到，那会是怎样一个样子？“婴儿如何啼哭 / 少年如何欢呼 / 青壮如何日出而作 / 老者如何日落而息”，人类的生存将无法可想；还有，“假如我不是风雨雷电”，“鸟儿如何做窝 / 花香如何传播”，众生的存在将无所依傍。如果没有这天地万物的共存调谐，那人类啊，你们的日子将如何“踌躇”盘算？你们的岁月将如何“蹉跎”消磨？一生太长还是太短，值得过还是不值得过？生存的意义还剩下几何？这一切都会因“我”的在与不在、是与不是大为不同。

我们生死相依啊，且听“我”接着说……如果没有风雨雷电会怎样？第 68 节一口气排出来 13 个“何以为生”：大地、田野、稻花、高粱、大豆、小麦、高山、森林、草原、江河、湖海、走兽、飞禽，包括人类，这万物的灵长——“而万物之灵将何以为生”，都将“何以为生”？将靠什么活着？似是发出的疑问，其实又是不言自明的自问自答。大地上的事物，江河湖海，草木丛林，稻麻竹苇，山石微尘，飞禽走兽，万物众生，都因依“我”而存。

还有，“假如我不是风雨雷电”，假如没有风雨雷电，万物众生将无以为生，无以为生的万物之灵的人类啊，又将何谈“城堡、乡野、生命、灵魂、思想、理想、历史、废墟、真理、正义”？如此种种人文的事，自然也就无所附丽：不会有人所居住之地——城堡、乡野；不会有人类灵肉存在——生命、灵魂；不会有人类创造的文明——思想、理想、真理、正义；不会有人类的历史留存——历史、废墟。从外到内，从物质到精神，从集体到个体，从身体到灵魂，从生命到生存，从生存到存在，所有这些关乎人类存在的种种，所有人类生存需要依托发生的关系，“所有关乎人间之如何”，都将无可奈何，无由发生，“又将如之奈何”？

还有，“假如我不是风雨雷电”，假如不是“我”的持存启示，不是“我”的鸣鞭示警，人类如何能看得清“沧海与桑田”历史之变？如何能看得清“腐朽与神奇”造化之奇？如何能看得清“诞生与幻灭”色空之转？如何能看得清“逃亡与永恒”存在之幻？人类又将如何能辨得明假象真相，“在假象中分辨真相”，假中悟真？如何能辨得明纷纭简单，“在纷纭中分辨至简”，抽丝剥茧？如何能辨得明坦途陷阱，“在坦途中分辨陷阱”，居安思危？如何能辨得明暗夜曙光，“在暗夜中分辨曙光”，拨云见日？啊，年年岁岁一个个日夜，一个个寒冬腊月的不眠之夜，“我”都守护着你，牵挂着你，目不转睛凝望着你，徙倚感伤，忧思垂涕，夜不能寐——“你将见我在晨曦中宿泪未干”。

但人生实短，人类不可能如“我”历经沧桑而能见证江河大地之变，不可能如“我”能体悟到造化即使如何长久永恒也终难脱无常之宿命，“我”“能目睹江山老去”——江山也会老去；“我”“能证明光阴不死”——光阴、时光、时间，“我”不知其来自何处，但“我”知其不断迁流延续，从过去到现在，从现在到未来，故宁愿信其无始无终；“我”“能讴歌世界永恒”——世为迁流，界为方位，一个日月围绕照耀之下的时空广大无边，“我”不知其始终，但“我”宁愿信其会永恒。“我”“能宣誓宇宙不朽”——四方上下曰宇，古往今来曰宙，“我”不知其边界，但“我”宁愿信其不朽。宇宙、世界、光阴一定意义上（尽管到底也会有成住坏空）或可称不朽、不死、永恒，但江山却会老去，人类也终将消失，个体的人的生命更是短暂，“我”目睹着人类一代代一世世“生命老去”，人生苦短，人寿几何，不过如白驹过隙。但“我”也见证了人类最可宝贵的美德——“我”“能证明青春不死”，“我”“能讴歌爱情永恒”，“我”“能宣誓精神不朽”——是的，“我”证明、“我”讴歌、“我”宣誓，人类的青春、爱情、精神，都可以超越时空留下璀璨的光华，都可以成为永恒的不朽的不死的记忆，都是人之为人、人类之为人类的依附！美德哪怕一瞬，一瞬也可成为永恒——正如刹那即永恒，芥子纳须弥，正如创造者同时也是主宰者。

“但这一切于我又有什么意义呢”——这永恒、不朽、不死或者速生速死，在“我”眼中又有意义呢？这抽象之物、抽象之思、抽象之爱，于“我”并无意义。“在这 2020 年的春天”，当“死亡陷阱密布人间”，“而我——从人间烟火走来”“又毅然地向着烟火人间走去”，此时此地，“我”所要做的，“我”念念所系的，就是要走向人间、走进尘世，拯救人类，拯救苍生。其他遥不可及的玄思妙想，不朽或速朽，方生方死，方死方生，在“我”来看都只是规律，是天道轨迹，只具有相对的意义。当此时也，生灭之间，发生的一切，却并不虚妄，而是实存，是人间生死大事。“我”怎可置之不理？

“我”明察秋毫，了知此时全世界疫区若干惊天动地的人和事。“我”知道，是谁的一举一动一言一行影响着抗疫。“我”知道是谁的“执迷”不悟，贻误了战机；“我”知道谁的雷霆“暴怒”，改变了时局；“我”知道谁的“狂妄”自大，造成了蔓延；“我”知道谁的幡然“悔恨”，减少了损失；“我”知道谁的“忍辱负重”，成了砥柱；“我”知道谁的“以德报怨”，凝聚了人心。瘟疫面前，抗疫之战，不容有失，一毛一渧之误判，一沙一尘之误之错举，都可能走向更大的灾难结局。所以，关键人物或集体的点滴作为（“一横一竖”“一撇一捺”）的后果都可以是“惊天动地”“动地惊天”，关键人物或集体的或“执迷”或“暴怒”或“狂妄”或“悔恨”或“忍辱负重”或“以德报怨”，起到的作用或造成的后果都可以是“动地惊天”“惊天动地”。

诗写到这个地步，指向越来越明确了，一一应该都可与疫情发展中种种人事、各个重要环节对应得上。这是对于疫情所由发生、对于全人类责任及出路的深刻反思。“在所有的惊天动地的故事里”，这所有惊天动地的故事里的人，他们正同仇敌忾、同心勠力，他们“殚精竭虑”，全力以赴，胜利终归属于他们——属于武汉、中国、世界所有所有的“那些殚精竭虑人”。

是的，“我”了解，“我”见证，“我”遍知事情所由发生的原因、过程和现在正在发生的一切。“假如我不是风雨雷电”，“我怎会看到 / 人类在未知的世界里执着前行”，虽然看不清方向辨不明道路但仍然坚定前行不畏风险，为此，“我”“情不自禁地为他们呐喊助威”；“假如我不是风雨雷电”，“我怎会看到 / 人类在与凶险搏斗中前赴后继”，与疫魔搏斗者纷纷倒下但仍前赴后继，为此，“我”“情不自禁地”对他们的巨大牺牲满怀悲悯心生悲戚；“假如我不是风雨雷电”，“我怎会看到 / 人类在一意孤行地自毁前程”，灾难所由发生的原因啊，怪不得病毒，怪不得别的什么东西，全都是因人类一意孤行一错再错破坏自然违背天意啊，看到他们深陷如此困境，“我”“情不自禁地为他们唏嘘泪流”。

只有了解了这一切，“我”才会痛心疾首大声疾呼——“人类啊，对你们施以致命一击者 / 只有你们自己”，这一切啊，何尝不是你们咎由自取！本来仍有机会避开这场悲剧，本来可以避免这样的惨剧，救援本来还可以得到更好的组织。人助者天助，靠天靠地不如靠自己，拯救人类者只能是人类自己，而不能依靠侥幸依赖他力。

是的，是“我”以风狂雨骤电闪雷鸣的方式，向人类警示，希望唤醒他们的“执迷”；是的，“我”正助力人类，“我欲消灭疠疫疾病”，但人类的灾难后先相继无有止息，“我”救得了一时怎能保障人类时时刻刻无虞？“我”怎能消除得了“人之不幸”？“不幸”是他们的宿命。“我洞悉四时天机”，洞察运行规律，知道如何避害趋利，但人类不知敬畏盲目自信与魔共舞，“我”就“只能替人类焦虑”。人类啊，你们是何等的聪明，你们以为自己是上帝的选民，自己是万物的尺度，自己居于万物的顶端，你们于是无所顾忌肆无忌惮地“亵渎自然天理”，必然就受到来自天道自然的惩罚——啊，不是报复，是“惩罚”，是“慈悲”，是垂泪训谕——“自然以惩罚的方式表达慈悲 / 这是多么悲壮之壮举”，多么的悲壮，多么的无奈！对于人类的人欲横流欲壑难平疯狂掠夺以致天怨神怒，还有什么能让他们收敛、收手、有痛感而生反思？只能通过这样的痛苦无奈悲壮之举！等山河大地河清海晏时和岁丰，“我”将和人类、人类啊，也将“和我一起放声歌唱”，歌唱疾疫灾难的消除，天下太平的重启，但现在，“但请先和我一起沉思默想”，一起反思。

“我”知道，人，是众生中唯一最有反思能力的生灵；“我”也看到，“在这个世界上 / 只有一种生灵 / 能把苦难熬成财富”，人类所以能够成为万物的尺度，是因为他们传达的是神性的尺度，宇宙大道的尺度。他们有爱，有责任感，有精神担当，能反思，知敬畏，人人法性自备神性具足，人人可以成佛作圣，人人可以通过自己的选择尘世的羁绊和匍匐，因而人类终将持存而不会自取灭亡或成为大自然的毁灭之物。他们尽管会贪生畏死，但也能向死而生，舍生取义——“他们面对未知怀着恐惧 / 而义无反顾地奔着死亡而去”。这就是人类终不会被毁灭的明证。为了人类，“我”在尽着自己的一份绵薄之力。但上帝啊，也请你慈悲关照，慈哀度脱，“这样的生灵 / 不值得你真诚护佑吗”？人类终将是觉醒者、觉悟者、尊贵者，职是之故，“我”反而要向人类学习，向人类致敬，从人类汲取力量。

“假如我不是风雨雷电”，假如没有风雨雷电，“人世间哪来动人的声音”？正是在人间，“我”才有了动人的声音，人间才有了动人的天籁；“我”因世间成其为我，世间也因“我”而未成为万古长夜。“我”融入了人类的生活，“庙堂之余韵

是风 / 送别之叮咛似雨 / 战斗的喊声若雷 / 挥不去的爱情如电”，人类的爱恨情仇、生离死别、改朝换代、家国情怀都有了“我”的影响，世间事物何者似风、何者似雨、何者如雷、何者如电，诸如这般，与“我”都有了对应，有了感应。人间与“我”，相互依存，相互成就，共同存在。人间是“我”的动力之源存在之基。是“在人间”，让“我”生发“无穷之力”，“让我心感生命的皈依”——人间，是“我”存在的意义。在人间，“我”才能找到存在的价值——可以称为“生命的皈依”吗？

八

第八章14首。第一节，就是上来就实写该诗的副部主题，落脚于中国疫区，放眼于世界疫情，全球同此凉热，人类大家庭休戚相关，没有谁可以独善其身。没有谁可以置身事外——“所有人和非人的世界”——无论人的世界还是人之外“非人”的世界，都是如此。是的，“我”很清楚，对“我”来讲，对“天体”“星球”“高山”“河流”，包括对一块“石头”、一片“雪花”、一个“采药者”、一个“捕鱼郎”，乃至对一个“幽怨妇”、一个“夜归人”的了解，没有谁比“我”更清楚。

天体星球之浩瀚博大，石头雪花之具体而微，在“我”眼里，现在都跟“我”、跟人类紧密相关。这“非人”的世界，也依“人的世界”而立。因有人类存在，无情的天体不再无情，人类的星球可以感觉温馨。透过人的观视，高山、河流、石头、雪花，因站着、漂着、倚着、走着的采药者、捕鱼郎、幽怨妇、夜归人，也才被赋予了“险峻”“孤清”“古老”“欢欣”种种感觉和认知，也才有了他们之于人世的意义。

但万物众生各有规律，各有意志，并不以人为中心，也不以人类意志为转移。所以，“我”知道到底有没有“来日方长”，到底是不是“世事无常”，“我”也熟悉人类世界的运行法则，从来不是自生自灭无为而治，而是需要组织治理，需要“雄才大略”。“我知道这个世界需要雄才大略 / 但我深知这世界更需古道热肠”，霸业王道统治政治，都需要建立在人性、人本、人文之上，建立在同情心同理心感同身受仁爱正义古道热肠之上。“我”深知，这个世界要变得更美好，当然“需要一种强大的力量”，一种更好的治理更强的发展力量，但这种力量，首先不是文韬武略开疆拓土，而是“更需一副柔软的心肝”，是人心的柔软善良、良知正义，这才是让人类免于溃败衰颓的力量。这力量，首先是人心的力量，而非强权的力量。

“我游离于尘世之外 / 但有谁比我更知尘世苦甘”！接着第 79 节的这句，第 80 节铺排开来，以一组组的对应，一组组的对照，展开对尘世甘苦或者人心人性情态的分析和论断。如果说第 79 节将世道免于溃败寄望于人心的力量，这一节则写出了人心人性的复杂、分裂和泥沙俱下，人心是如此深不可测，人性是如此纷纭复杂，人的习性是如此千奇百怪，这种种的人，种种的品性，种种的美德恶习，种种的“起心动念，无不是业，无不是罪”——而这就是人、人类的有限与无限、现实与超越、人性与神性的纠缠啊，人与人之间是如此的不同，但“哪怕人有三六九等又何妨”？

人类，就是这样。“我”知其美德又知其弱点，“我”慕其神性又恶其恶习，“我怀揣一颗悲悯心而来 / 我对这个世界忧心忡忡”。人心会好吗，这个世界会好吗？“我”忧心忡忡，心急如焚。此时的人类已悲惨至此，痛苦悲痛弥漫四野，悲情故事也被传扬，但“我从不讴歌悲伤 / 那是强者的懦夫行为”，“我”拒绝“强者”灾难叙事中浅薄颂扬，更厌恶他们把丧事办成喜事，他们要么是坏要么是愚，即使出于善意，也是“愚蠢的善良”，因为“悲伤只用于奠祭而非用于歌唱 / 而今的歌唱却让我们难掩悲伤”。灾难未除，人命关天，“我”的心里只有悲伤，这旷古的悲伤，从千年前哲人的叹息、从古人诗篇中的悲叹，一直绵亘至今，在“我”的心中留存、流淌。“人间诗篇是否比尘世更加悠长”——是的，是的，人啊，人类啊，就是如此，譬如朝露，去日苦多。慨当以慷，忧思难忘。

人世何以多灾多难？人类何以苦难遭逢累生累世？“我”看明白了，人间永远充满着真理与谬误的悖论——“真理与谬误总是结伴而行”——这是人类的局限，人啊，不知道什么是确凿的真理，什么是应该抛弃的谬误，总是在真假是非善恶之间游移摇摆。而这次，这次的这里，正如每个历史节点、人类生死攸关陷入危难之时，总会有伟大的智者出现一样，“但见一个孤独的智者 / 伫立于旷野之上”，人们又何其有幸，人间又何其幸运！但这智者，是“孤独的智者”，如处荒原，如立“旷野”，“身后大雪纷飞”，“眼前热浪扑面”，“在热浪与雪花交汇的头顶 / 智者的周遭笼罩着暗箭明枪”——如置身地狱，如从地狱中救拔众生，如先知被藐视诋毁厌弃，也如鲁迅笔下“横站”的战士。但“智者啊！挺起你的胸膛 /

所有智慧之智慧是勇敢”，人类需要智者的智慧和勇敢，这勇敢，是大智及相伴而来的大勇，大勇大智才是人类生生不息的依怙和战胜一次次灾难的凭借。是的，人类仍有可为，仍将可为，必将可为。人类还有着一代代大勇大智之士。“我”深味这智者的“孤独”，“我”看见这智者的“泪光”，“我”见证这智者的孤独，“我”说出这智者的不屈，“我”相信这“智慧之光可融化千重雪山”！

【接下来的一节，第 83 节，进入全诗情感最为强烈、最为震撼的时刻。雷霆万钧之气壮山河，天摇地动之雄强淋漓，粉身碎骨浑不怕之勇猛果敢，舍身成仁视死如归之浩然之气，由大慈悲而来的大智大勇，诗人以排山倒海的情感，写出来一曲感人肺腑激荡人心的《风雨雷电颂》。

有大智大勇之士，也总有大奸大恶之徒。有善行、美德，也就有欺骗、恶行。善恶美丑总是如影随形，相反相成。

此时，“我”看到了灾难之前大地的恐惧，“我看见大地在瑟瑟发抖”，“大地啊何等辽阔”，怎么会陷入这样的恐惧！

“漫天的飞雪啊”，雪落在土地上，这是灾难中的大地啊；而伴随飞雪而来的，是“飞舞着漫天的谎言和箭镞”啊——这漫天飞舞的谎言，这漫天飞来的箭镞！谎言啊，谎言，多少罪恶因你而起！飞雪啊，飞雪，这漫天的飞雪，本来片片洁白，可现在片片都是谎言，都是欺骗，这漫天的谎言，铺天盖地落下，谎言以雪的洁白面孔落在大地，覆盖着大地，啊，这是怎样的恐怖和诡异！

这寒冷的大地啊，这被谎言覆盖的悲惨的疫区，足以把“我”，把风雨雷电的“我”击倒、压死、埋葬！“但我是勇敢的风雨雷电啊”，即使“我”被杀死，“我”也要拆穿谣言、谎言的面目，“我”更要与谎言同归于尽，那漫天的谎言，“就是我死亡的葬歌”！

但“我”不能死，不能死，“我忍着剧烈的疼痛叫醒大地”，“我”要唤醒“瑟瑟发抖”的大地——“大地啊，抖一抖你的雄姿吧”，跟“我”风雨雷电，“和我一起大声吼叫”，让地动山摇，让大地震动，让天地怒吼，“让所有的谎言和箭镞/连同所有的疾病悲伤/统统万劫不复死于银河星汉”吧！我们，风雨雷电和大地，永远都是人类的守护，让大地上惊恐万状的人类重新过上安宁的日子吧，让男女老少重新无忧无虑玩耍于花前月下吧！

这一节，我们能想到什么？

想到艾青的《雪落在中国的土地上》——“雪落在中国的土地上，/寒冷在封锁着中国呀……”

想到艾青的《我爱这土地》——“这被暴风雨所打击着的土地，/这永远汹涌着我们的悲愤的河流，/这无止息地吹刮着的激怒的风，/和那来自林间的无比温柔的黎明……/——然后我死了，/连羽毛也腐烂在土地里面。/为什么我的眼里常含泪水？/因为我对这土地爱得深沉……”

想到戴望舒的《我用残损的手掌》——“我用残损的手掌/摸索这广大的土地：/这一角已变成灰烬，/那一角只是血和泥；/这一片湖该是我的家乡，……”

想到郭沫若的《雷电颂》——“但是我，我没有眼泪。宇宙，宇宙也没有眼泪呀！眼泪有什么用呀？我们只有雷霆，只有闪电，只有风暴，我们没有拖泥带水的雨！这是我的意志，宇宙的意志。鼓动吧，风！咆哮吧，雷！闪耀吧，电！把一切沉睡在黑暗怀里的东西，毁灭，毁灭，毁灭呀！”

我们，还能想到什么？全诗至此，穷尽了我们文学经典对风雨雷电的全部想象，并写出了与所有经典不一样的风雨雷电，完成了对所有经典中的风雨雷电的改写——水已经凝成了冰雪，雪铺天盖地而来，而这漫天的飞雪啊，却是飞舞着漫天的谎言和箭镞！这该是怎样的世界末日！是如何彻骨悲凉，无尽的悲凉而绝望！疾疫笼罩围困的人间，俨然成了寒冰地狱！此时诗中的风雨雷电，就一改全篇倾泻而下不可遏制的奔流之势，而是忽地来了一个逆流而上的迎岸回旋，向崖撞击，如雪山中断江流，银汉西倾。怒发冲冠，壮怀激烈，踏破贺兰山缺。于是，此节成为全诗最宏大最激昂的交响！

人类的不幸还在持续，而天地不仁以万物为刍狗，天行有常，不为尧存，不为桀亡。天道公平，自然自由规律。“且看时空茫茫阳光灿烂”，历史的长河中，无尽的时空里，这人间的灾难并没有妨碍太阳照常升起，灿烂的阳光，与嘈杂喧嚣狼奔豕突的人间图景构成多么悖谬滑稽的对比。但天道如此，种瓜得瓜种豆得豆，造因受果丝毫不虚。所以，人类啊，你们“要知道并非一切早有安排”，应之以治则吉，应之以乱则凶。不要自以为是，不要无所畏惧，不要以为人定胜天，不要以为人是尺度，既不要盲信“一切早有安排”，也“不要妄自预测未来”——以为一切尽在掌握。未来未来，未来不来，未来可能不会来，未来未必如人所愿。未来掌握在当下的手里，“所有的未来都是现在/所有的现在都是未来”，势在必得的未来完全可能失控，脱离轨道发生突变发生意外，人类的黄金时代之梦或者转眼成空。

谁能想得到，谁曾预料到，谁能准备好，有个叫作新冠的病毒突然爆发，这飞来横祸毫无预兆，毫无征兆地让人类的一切经济社会生活，瞬间全部停止，人类正常运行了一百年的生活轨迹立时改变。而且，历史也在此拐了个弯，过去再已回不去。

所以，不要相信一切早有安排，不要盲目预测未来，未来是测不准的，能测得准的未来，能预见到人类无法逃脱的宿命，只能来自人类的“坦坦荡荡和惴惴不安”——是的，君子坦荡荡，小人长戚戚，人类处世当以道义而行，修身为要，决事循理，心胸宽广，开阔包容，常怀戒惧之心，而不能如“小人”般逆理而行，多寻蹊径，行险侥幸，患得患失，为名利欲望拘牵，肆无忌惮，为所欲为。这才是人类确保人类无虞平安的唯一出路，也是唯一走向可预见的宿命的可行道路。

啊，战战兢兢瑟瑟发抖的大地啊，现在怎么样了？这大地，这“忍辱负重的大地”，这人类和“我”共同的家园，人类和“我”共同的父母，正“满载着眼泪和欢笑 / 承受着疾病和忧伤”，与他们的儿女共担负、共抵御、共抗击这疾疫，身染疾病，有忧伤，有眼泪，也有片刻的来自康复消息的喜悦和欢笑，“依然满脸坚毅”。大地啊，地母，您忍辱负重，包容一切，接纳一切，养育一切，护佑人子如同哺育婴儿，“哪怕在暗夜里默默等待 / 也要圆睁一双明眸 / 把无边的黑暗看穿”，从来不曾放松警惕。

“我”与人类共一个大地母亲啊，但“我”对人类世界还有若干的不了解——“还有多少未知世界等我去闯荡”，“还有多少艰难险阻等我去挑战”，“还有多少迷雾等我去驱散”，“还有多少生生死死等我去历尽磨难”，这些“我”都愿意帮助人类去做、去体验和历险，我们命运与共，我们拥有“共同的幸福和苦难”，人类的福祉安危跟“我”紧紧相连。

一切的一切，“我”都愿意为人类共担。人类啊，你们会看到，是风，唤醒沉睡的世界，迎接春天的降临。是雨，在炎炎夏日，舍身拯救焦渴的大地。是雷，把恍若天堂般幻美的秋色迎请到人间，用欢快响亮的声音歌唱五彩斑斓的丰收喜乐。是电，在冬季选择了沉默，不是不想出来游走，只是想在冬藏的季节，让辛苦一年的大地保持一份纯洁和宁静。这春夏秋冬，都如童话般的美丽！这人间啊，就如同童话一般！这自然的四季本来就应该这么迷人！这是“我”深爱的大美人间。

人间这么美，“我”爱着这人间！这是“我的人间”！“我”无意、不愿跟苍穹相恋，是的，“我”不爱这渺茫太空、遥遥宇宙，只爱这尘世人间。“我站在寒冷的高处”，但高处不胜寒，何似在人间！“我”“流着泪爱着我的人间”，但愿人长久，千里共婵娟。这人间生命活脱脱、活泼泼，“每个生命都一样尊卑贵贱”，众生平等，无有贵贱。“无奈时间不是一个公平家伙”，会对平等的众生区分存废去留的先后，使得每个生命呈现在时间里的形式长短有了不同。要想公平只能“寄托于更遥远的时间”，从更长的时间段来看，才能认清这种公平并不虚妄。

其实人我无二，“人间的喜怒哀乐就是我的抑扬顿挫”，人类的表情就是“我”的呈现和“我”对人类的模仿。“我所有情绪都是唱给尘世的美丽之诗”，“我”的情绪表达就是天然的颂诗，是唱给尘世人间的美丽诗篇。

是的，“我歌唱”，“我吟诵”，歌唱吟诵“我”的诗篇。这大自然的声响就是“我”的歌与诗，是“我”的生命律动、“我”的心脏跳动、“我”的灵魂发声。“我”知道人类也有诗歌，有高贵的诗篇，但曾经什么时候，无数个不正常的时期，人间的歌诗被以“冠冕堂皇”的方式和名义“弃如敝履”。从此，人间广陵散绝，弦歌衰辍。而“我”，风雨雷电，这天地间的交响、奏鸣、吟唱、咏叹，却从来都是自由的、高傲的，“怒视重重藩篱”的，“自由地放声高歌”的。风雨雷电，就是自由，就是诗篇。诗即自由，诗即解放！“我，风雨雷电一首诗/在人间纵横驰骋”，何曾被禁锢，任谁能禁锢？但，诗歌能解除人间的疾苦吗？如果可以，那“我就是那个粉身碎骨的诗人”。

诗人何用？诗歌何用？实际上在这里，黄惠波是借“风雨雷电”的“我”之口，发出了自己的追问——“假如诗歌可以解除人间疾苦/我就是那个粉身碎骨的诗人”——诗中的这个“我”是谁？仅仅是“风雨雷电”？还是诗歌的作者黄惠波？在这里，两个“我”产生了合体，而且更多成为诗人黄惠波自己的夫子自道，是自况，是自我告白（其实，诗中的“我”，都有着诗人黄惠波的影子，大都是作为诗人与叙事者的合体在说话）：作为一介书生的“我”，作为或远离现场或身在其中的“我”，作为心急如焚的“我”，作为忧心忡忡的“我”，作为义愤填膺的“我”，作为尽心尽力有所作为的“我”，愿意以任何方式参与这场抗疫，如果作诗可以成为参与的方式，如果诗歌能够为疫区人们带来救援、救赎，作为诗人，作诗，即使因此粉身碎骨，“我”也在所不辞。

而诗歌何益？诗是有用的吗？

啊，诗人和诗，怎么可能没有用？诗人作诗，传递来自源初、本源、大道、神圣体的消息："而我们诗人！当以裸赤的头颅，/应承神的狂暴雷霆，/用自己的手去抓住天父之光芒，/抓住天父本身，把民众庇护/在歌中，让他们享获天国的赠礼，/因为我们惟有纯洁的心脏/宛若儿童，我们的双手清白无邪。"（荷尔德林：《如当节日的时候……》，见海德格尔：《荷尔德林诗的阐释》，孙周兴译，商务印书馆，2018年）

在人天之间、人神之间、大地与天道（神圣体）之间，是诗人抓住雷霆和闪电这诸神的语言（海德格尔），领悟递来自"天父"光芒，传递神圣体的意志，付诸歌唱和作诗，成为一种指引，一种照亮，让大地之子的人类得到照护。或者说，是诗人领会宇宙和生命的本来面目，领会万物众生存在的此在意义，在与存在的关系之中，构建并澄明存在的真理。诗歌，哪里只是灵魂体验的表达？哪里只是窃窃私语？诗歌，一定是对天道、真理、神圣体的暗示的承担和敞开，是对万物众生（不仅仅是人类，首先是人类）存在价值意义的构建或提示。诗人，因此成为荷尔德林所说的"半神"——人与神之间的中介；作诗，因此成为"这一切事务中最清白无辜的"事；诗歌，因此成为一种创建存有的、"神的雷霆之下"的站立。诗性，诗意，诗性的生活，诗意的存在，并非"业绩"，并非"建功立业"，并非对生活的装点、修饰，而是神性本身，人的本质性本身，人的智慧本性本身。

天地间、人世间，激荡着流动着滚涌着“我”的歌、“我”的诗。自由的“我”，不仅是天地间、人世间的诗人，“我”还是自由，是自由意志。在这第八章的最后一节，“我”说出了更多“我”的不为人知的角色，“我”对人类有太多的不了解，但人类啊，“你是否已经看清了我”？显然没有。你们可知道，除了“我”是斗士，“我”还希望归隐修，“我对尘世本无留恋”，“我”还在参悟功业与生死、意义与传奇、纤尘与奇迹、高大与弱小、生命与天机等种种的关系及其后面的逻辑、暗示，在出世入世、达与穷、兼济与归隐、业绩与觉悟等问题上，“我”以为“我”“参透了‘天机’”——“所有的‘天机’都出现于天人合一时”。是的，要做到“天人合一”，爱天地万物，因人与天地万物本是一体，本是同类，本是平等，本是和谐。这就是“我”参透的“天机”，是宇宙大道的秘密，也是“我”要劝告人类的最重要的一句话。

全诗至此其实已经解开了谜底——“假如我是风雨雷电”，“我”要揭示一个真理，“我”要告诉人类“我”认为最重要的一个道理。】

九

【第九章17首。全诗写到压轴位置的倒数第二章，其实已经有了真正为全篇结束、卒章显志的结构功能。

因为从功能和结构上来讲，第九章的作用跟第五章相同，都是在历经“假如我是……”“假如我不是……”“谁说我不是……”的层层铺垫后，到此水到渠成般、斩钉截铁般地做出“我就是……”的回答，是一种“正反合”的功能。

如果说在每个篇章的每个诗节里面，大抵采取一种“波动式”的结构，亦即在格律的处理上，结构相近的前面诗行通过一个停顿连接后续的诗行，紧跟着首行的抑音节有一个扬音节，用扬音节作为后面跟随诗行的收束，停顿处没有句法的缺口，前面诗行就在相同的起伏中跃到了后面诗行；第二诗节如法重复。全诗各个篇章的诗节乃至全诗的总体结构、格律都是如此，抑和扬的起伏贯穿始终，加之相对比较重视押韵，韵脚整齐，同时音步、音尺或者说音顿也长短参差有鲜明的变化，这样的结构就使得全诗诗节如同呼吸，如同大海宽阔的波浪在柔和的运动起伏。也如同废名所说的，“这一章波动到那一章，真像波浪似的，章完而句子不完，很有趣，章法的崎岖反而显得感情生动……”（废名：《废名文集》，北京大学出版社，2009年），尽管废名这话是评价冯至的《十四行集》的，但用在该诗也是合适的。

而从整体观的结构设计而言，该诗第五章和第九章的诗节结构，显然在全诗中，就与各自前面的三个章节大不相同。这两个篇章的结构放在各自的功能中，显然就是框架式、“骨骼式”的建筑结构。跟他们各自的三个铺垫章节相比，该章节就既没有上升或下降，也没有增强或减弱，而是呈现一种并列和并置的结构，因此也更多是一种空间结构。这样的结构更加重在构成一种秩序、一种对称，诗意或者说诗思是从（空间）秩序中生长出来，时间作为文字行进中发生或释放出来的动力就被秩序给接收下来。这样的结构，显然有一种古典主义的造型特征。

从功能上来讲，第五部分和第九部分的作用就是“合”，从思想意义、情感意义包括调性意义上，都是一种“合”，是“和合”，是“回复”（希腊哲学家普洛克洛的正反合概念），是回环，是合题，完成对前面章节的一种三段式的结构，具有一种总结性和提炼、提升性的作用。诗人以一种非线性的、平行对照的方式，完成对前面部分的截流与合流，形成秩序，从而成就了全章和全诗的完整和盛大。这其实正是一种结构的力量、格律的力量。这种总结性功能的部分，更多地体现为一种逻辑上的必然推演，一种水到渠成的自洽，是一种理念提炼，是中心思想或者说灵魂所在，也就是文眼所在。这样的结构起到了对所生发传递的精神内容的度的把握，因此，显出一种理性的力量。

因为是要起到回应“我就是风雨雷电”的如“我”所是，所以第九章上来仍是延续前面三个章节的所涉话题，如继续自陈自身属性、对人类的情感、见闻感受、所思所忆，并继续讲述人类优缺点、反思疫情所由发生的经验教训等等。比如第91节继续讲人“我”的隔膜、人类执迷不悟的痼疾、人类贪欲无边自作自受捅下的巨大篓子（连“天堂都漏雨了”，人类将何以自处?）。第92节也仍是对人类欲望炽燃及后果所做的分析——这些都是人类“虚情假意的狂欢”的结果。没错，诗人借风雨雷电的“我”之口，极其精辟而出人意外地承认“生命就是一场狂欢”。想来这生命“狂欢”论，颇具酒神精神以及尼采叔本华存在主义哲学的痕迹。

Ecstasy（狂喜、忘形；无法自控的情绪）源自希腊语ekstasis（站在自身之外），涉及一种奇怪的矛盾：当我们透过某些行为使自己与身体紧紧相连时，我们也超脱了身体，同时体验到一种沛然的无限感，感觉仿佛世界猛然洞开，而人暂时被释放。短暂的疯狂可以让人暂时性摆脱虚无，存在只是一个个片段式的瞬间，一切的意义都只在它发生的那一刻。生命是一个在存在与虚无中不断循环的过程——因为虚无而（随心所欲的）去做某事（狂欢式行为），因为这样的事（强烈的情绪波动）感受到存在，此事结束后重新归为虚无的状态。假如我们扩大“狂欢”一词的概念，将其定义为某种有强烈情感波动的行为，并假设通过狂欢能让人感受到生命的存在。这样的狂欢大到战争爆发人命如蝼蚁，小到一次夸奖一餐美食，那一刻人们感受不到自身的虚无，沉溺在这样的行为带来的或快乐或痛苦的情感中。

存在主义认为，包括人的存在在内的所有的存在都是偶然的，是偶然发生的事物，即 einmalistkeinmal 一次不算数。人生是无法预料的，没有彩排和预演，所以每一个当下所发生的，都是偶然的产物。这样的偶然中充满着令人疑似发生的一切都是宿命的悲剧性美感。人类社会历史似乎总是受制于两种基本的冲动：一是对个体内在情绪的抒发，即尼采所说的“酒神精神”；二是对外在理性所标画的超越世界的追寻，即尼采所说的“日神精神”。因为认为是崇高的、尊敬的，所以才敢于放浪形骸。这样的说法看似矛盾，实际上却是人们为自身毫无道理的行为寻找的最好借口。这样的狂欢本质上是虚无的，未必是出于快乐或者正面的情绪，有时候战争、瘟疫、末世来临的既视感同样给人带来万物皆虚幻的狂欢。激烈的情绪带来狂欢，而狂欢让人从自身外感受到身内的存在。

从这个意义上讲，生命就是一场狂欢，完全正确。诗人，或者说风雨雷电的“我”，在此只是说破了一个关于生命为何的迷思，或者说道出来一个真相。但“我”要指出，生命的狂欢，有外在的醉生梦死、及时行乐、得过且过、追求感官刺激和物欲满足的“虚情假意的狂欢”——这对大自然破坏和来自疾疫肆虐的灾难，何尝不是因此而起！而我们应该追求的是另外一种狂欢，一种内在的“灵魂深处自由的狂欢”——如老庄，如佛陀，如魏晋名士，如阳明之学，他们未必放浪形骸，但他们法天贵真，天人合一，消除我见我执，超越成见俗见，从束缚中解脱出来，独立自在，实践自我的完善、灵魂的高蹈超越、精神的自由解放，追求内在超越之路的人生境界，才是真正值得追求的狂欢。而“我”就是追求这样的狂欢，“除了自由 / 我什么都可以奉献 / 除了忍辱偷生 / 我什么都可以承受”。这也正是“我”钦敬的人类最可宝贵的“性情”哟。】

人类啊，你们还是重新校正你们的发展和精神方向吧，还是回到更加注重天人合一的内在超越之路吧。这是“我”的建议。

其实，这个世界对“我”来讲并无秘密。“我”看得清真善美，也明察假恶丑。“我让世界感受悲悯和同情”，却眼睁睁“又看世界承受苦难和无情”。这是怎样一种矛盾和无奈，“我”施以爱与悲悯，却无力阻止灾难的降临。这样的感觉之于“我”，“犹如战火纷飞而佛光普照 / 犹如痛彻心扉而交集悲欣”，各造各的业，各渡各的劫，各食各的果，众生所造恶业导致的战争瘟疫恶果，即使佛陀现身佛光普照也不能救脱。这样的无奈无助，是多么令人“痛彻心扉”的实存，又是多么痛彻骨髓的了悟！但明白了这样的道理，人类也罢，“我”也罢，反而能够起悲欣交集之感，悲的是众生的无明迷失以假为真以恶为善以丑为美仍将受苦无期，欣的是终于明白觉悟了这样的真理从此不再受到无明的蒙蔽而产生智慧解脱之乐。

“我”以如此百味杂陈的感觉看着人类，看着目前发生的一切。你们见过了“我”的“豪迈”“笑容”“挥洒自如”“慷慨激昂”“生生不息”，你们可曾见过“我”的“泪痕”“谦卑”“手足无措”“羞愧难当”“死去活来”？见过“我”的光鲜，可曾见过“我”的难堪？见过“我”的高光，可曾见过“我”的黯然？见过“我”的辉煌，可曾见过“我”的无力？是的，“我”有“我”的无力无助软弱消极，但众生万物置身困境所迸发出来的无穷无尽的坚韧性和忍耐力，“就连荒凉旷野中的那一棵小草 / 也用它执着的摇曳告诫我 / 生与死都可以忍 / 还有什么不能忍”，是的，哪怕在苦寒环境中生长的一棵草，也会表现出来它的生的执着死的无惧，也能给“我”启示：生命力是可以如此的强大而坚韧！其实风雨雷电的“我”又算得了什么，“风雨雷电又将如何”？“看看坚韧不拔的人类吧 / 哪怕带血也要踏歌而行”，面对坚韧不拔的人类，“我”又算得了什么？

本来“我”以为自己无所不知，“大地”“天空”“宇宙”“过去”“现在”“未来”“过去的过去”“未来的未来”“春夏秋冬”“东西南北”“天堂地狱”，“一切的秘密”，这所有万有各自的“秘密”，“我”都了知，“所有的秘密都在我的眼眸里”。但现在的“我”，“我”的“眼眸”啊，虽然“清澈”却又“迷蒙”，“我”对自己的确信产生了迟疑——“就是这个世界唯一的秘密”，尽管并非不可言说，一时却感“欲说还休”，不知“该从何说起”，因为这“所有秘密”的“秘密”或者说答案，都“藏在秘密的去处”——藏在一个地方，这个地方就是打开“秘密”的钥匙，就有解开“秘密”的答案。这个“秘密”指向的地方，“这个神秘之处就是可爱人间啊”，这个谜底、这个答案就是“我爱你，人类”！

因为爱，所以万物在“我”眼里没有秘密，所有的秘密都是“爱”，这是万物存在之始，万物运行之基，一切的存在都源自爱，源自生命对自己的渴望哦。了知这一点，何事何物何处何时还有不可知的“秘密”？因为“我”爱你啊，所以，“我的人间啊我的尘世 / 我的尘世啊我的爱人 / 无论你是否在等着我 / 我都会在你的目光所及处 / 日复一日地守望着你”——正如宇宙自然大千万有都在“我”的“目光所及处”，它们爱“我”，“我”对它们和它们的“秘密”悉知悉见；人类啊，“我”却是“在你的目光所及处”啊，正如它们会“日复一日地守望着”“我”，“我”一定会“日复一日地守望着你”。

爱，“我”的爱，可以“生生不息天长地久”吗？别说什么风雨雷电可以生生不息天长地久天地同寿不生不灭，那是没有的事。“我”也有“我”的生命周期，“我”也毕生都在苦苦追索“我”的道路和方向。仿佛冥冥之中一切皆有天意，无论纤尘之微还是个人之小，都不是存在的多余，也不会无缘无故地出现。风雨雷电跟尘埃和人，并无二致。

人类啊，你也许不知道，“我”也会有恐惧，所以会“大声为自己助威”；也会有纠结，所以“我大吼一声”后“归于死寂”，“那是我与我在暗中较劲”，是“我”对自己不满意。因为“我”始终以赤子之心对待这个复杂的世界，“世界以痛吻我，要我报之以歌”。“我终以单纯对付这个世界 / 注定我将伟大而备受创伤”——荣耀是“伟大”的冠冕，代价是“创伤”的留痕。伤痕累累的“我”呀，只想告诉你，亲爱的人类，“我就是我呀”，固执的“我”，执着的“我”，不计代价的“我”，无怨无悔的“我”，“我的我在我的人间”，‘我的我’所以是“我”、所以成为“我”，是因为“我”在人间，在“我”爱的人间，这是“我的人间”！

是的，这里是“我爱的人间”，是“我的人间”。所以，“我”要告诉你的是，“风雨雷电也有故国故园 / 天地苍穹就是我的故国 / 尘世人间就是我的故园 / 混沌鸿蒙就是我的祖先”，“我”有“我”的根脉、历史、来路和去处。太虚寥廓，肇基化元，鸿蒙初辟，混沌初分，万物资始，清阳为天，浊阴为地，天地合气，万物自生。“我的祖先是一团正气啊 / 尘世文明就是我的子孙”，地气上为云，天气下为雨，雨出地气，云出天气。“我”就是从混沌初分时的那一团元气而来，那是“我”的先祖。元气敷布宇空，统摄大地，天道以资始，地道以资生。然后就有了风雨雷电，有了万物众生，有了尘世人间，有了人文初祖。这“尘世文明就是我的子孙”，是“我”的一代代子孙耕耘培育发明的产物。我们——“我”和你，众生万物，我们都共拥一个源头、一个来处、一个祖先啊，万物同源，人我本源，我们都是同一个家族，所以，“我的子孙我的子孙啊/所有的历史都是你们的族谱/所有的文字都记着你们的操行”。

但什么时候，人与天、人与“我”，开始出现了疏离，甚至人天殊途、人天相违、人天相斗，人类开始违背自然大道、宇宙意志，“我”也只能“眼巴巴地看着”，看着“人类一次次的轮回”，“又眼巴巴地看着/人类如此执着地/向未知的远方奔去”，不撞南墙不回头，甚至走向万劫不复。

“假如人类走得足够遥远”，如果人类真的走向万劫不复，因此灭绝消失，那“我”就只能回归“我”的祖先之地，回到“我”的故国来处，重回源初混沌之始。这对“我”来讲尚有去处，消失了生命后的地球仍然也在运转，苍老的时光岁月也一如既往月落日出。这都没什么。“我”仍也可以在宇宙、星际，到毁灭后的地球任意游荡，“只是没有人类的风雨雷电啊/是多么的孤苦无依”，没有了人类的风雨雷电还叫风雨雷电吗？没有了“我”爱的人类、人间，“我”的存在价值和意义将有何依附？

“我就是风雨雷电啊 / 我就是风雨雷电 / 但若果没有人间 / 若果没有人间”，第 99 节顺第 98 节，直接过渡下来，以重复的方式，再写如果没有人间、如果人类消失后，“我”将何去何从。第一句“我就是风雨雷电啊”是结构体例的要求，第二句“我就是风雨雷电啊”是为强调、感慨、叹息。其实，这第二句的潜台词不同于第一句的例牌自陈，其本义却成为：“我”是—虽然“我”是—虽然“我”是被认为强大的风雨雷电。“但若果没有人间 / 若果没有人间”，语义紧接两遍的“我就是风雨雷电啊”，情绪、心境却有一种转折关系——虽然“我”是风雨雷电啊，但如果没有人间，如果“我”没有了人间的凭借和情感归宿，那么等待“我”的命运将是什么？“我将何去何从 / 我将魂归何处 / 我将无名无始 / 我将成为孤魂野鬼”，“我”也许可以回归太初、原始、混沌之气，但“我”还是“我”吗？“我”还叫风雨雷电吗？“我是谁，我从何处来，我到哪里去”都将统统变得不可知不可解，成为“无名”者，没有身份者，时空中的没有本末终始的来历不明者，乃至成为星际间无处流浪的孤魂野鬼。

好在现在，该庆幸的是，“我还是风雨雷电啊”，“我依然是风雨雷电”，“我”还是“我”，“我”能知所先后，能近大道天理。人类哟，托你的福，“我”还能辨识出自己存在的理由和意义，人间虽有难，人类虽遇险，人们虽遇险，但并未走到末路穷途，尚不至于走上绝路。“人类哟你要为我好好活着 / 不要有战乱之苦不要有瘟疫悲催”，你好好活就是为“我”好好活呀，我们共一个家园，但愿不要再有战乱，不要再出瘟疫，我们相互扶助，同甘共苦。“我是你的风雨雷电啊 / 我是你的风雨雷电啊”——同样结构的重复再次出现，表达强烈的情感——“我是你的”，“我是你的”！我们就如同命相依、同气相求、同心同德的夫妻，在这个“有太多值得留恋”的“尘世间”，“而我就是那个世外的多情郎”啊，“我”与你的爱，如同人间恋人并超越恋人之爱，像极了尘世间最热烈美好忘我思念的情感。

如前所述，在诗歌的行进中起到重要起承转合作用的诗节——第 33 节、66 节，分别起到了营造两个小高潮的作用。第 33 节是对前三分之一的一个“合”，第 66 节是对第二个三分之一的“合”。那么，这个第 99 节，很有意思的是，其实其于全诗的功能也颇有第 33、66 节的神奇之妙。不管诗人有意还是无意。正是在这个第 99 节，每个诗节最后都会出现的那句表白“啊！我多么爱你，人类”，在这里就不再是一个修辞手段，而是出现了对这句话的深化和具体化——“而我就是那个世外的多情郎”——像极了闻一多的《一句话》：有一句话说出就是祸，/ 有一句话能点得着火，/ 别看五千年没有说破，/ 你猜得透火山的缄默？ / 说不定是突然着了魔，/ 突然青天里一个霹雳 / 爆一声：/ “咱们的中国！”确实，就有这种爆发性，这种如同电光火花的爆炸性，“我”是怎样地爱着你，人类？就是这样的情感，“我”终于说出口了！从这种解密的意义上讲，这个诗节的功能也自当是全诗的重要一环。至此，也许全诗基本上完成了叙事的各种可能，接近于完成。

从这个诗节再往后，应该就属于一种最后阶段的回环和优美舒缓的抒情，不会再出现更加强烈的情感和复杂的运思了。且看第100节往后怎么来收和合。所以作为读者，或许可以换用一种放松的心态？不妨来看诗篇最后的几个诗节。

第100节，所述关于风雨雷电性情、品质、属性，相对来讲，还是对前面诗节已有表述的呼应或者重述，如风雨雷电的“高贵”“自由”“慈悲”“正义”“深邃”，包括决绝执拗（“即使死无葬身之地 / 我也要让灵魂游荡于人间”）等，让人感叹这样的不离不弃、忠贞不渝、恒久忍耐，是一种怎样惊天动地的旷世之爱（作为一种宽泛意义上的爱，自然并不是专指男女之爱或肉身之爱，当是一种无法简单归类多种情感混合的非世俗意义上的精神之爱），从而也是一种崇高果敢、狂喜忘我、悲欣交集、痛苦与忧惧混合，并隐隐不安患得患失，是一种具有一定悲剧感从而也是感伤底色的爱。是的。崇高的，神圣的，哀恸的，至此呈现出来该诗全部的基调，总体的情调。

第101节写出了这种爱的代价，也是性格即命运的后果——“我”爱着人类，“我”爱着大地，“我寻找知音寻觅

真情 / 我追求理想追逐真理 / 我不眠不休生生不息 / 我呐喊呼号力竭声嘶 / 我终于扑倒于大地”，如艾青笔下的《我爱这大地》——“这被暴风雨所打击着的土地，/ 这永远汹涌着我们的悲愤的河流，/ 这无止息地吹刮着的激怒的风，/ 和那来自林间的无比温柔的黎明……/——然后我死了，/ 连羽毛也腐烂在土地里面。”精疲力竭再也坚持不住的风雨雷电啊，“终于扑倒于大地”。此时也顺承了第 100 节中的誓言“即使死无葬身之地”——这就是爱的代价啊。但，“我”没有死，是“大地母亲把我轻轻扶起”，并以“微弱而不绝的叹息”唤醒“我”、安慰“我”，让“我”重获生命的活力。大地母亲啊，她也遭逢苦难痛苦忧惧，她也身心俱疲声音“微弱”，是“我”不忍再见她苍老憔悴的容颜，不忍再让她担惊受怕，所以，当“我终于苏醒于田野沟渠”，“我拔腿狂奔扬长而去”。也许“我”的离去过于仓促、慌张，不合情理，不近人情，那就“让后人去缅怀和质疑”吧，“我”情非得已，自己的苦自己清楚，自己品尝。

这是“我”的隐秘，“我”的忧伤悲戚而强作掩饰。爱，就会受伤。就会为情拘牵而往返轮回承受因果，所以“我千千万万次死去 / 又千千万万次生还”。但“我”总是无法摆脱情之执迷，所以生生死死生死疲劳并没有让“我”觉悟，“我依然参不透生生死死”，仍然不能看透生死的假象，无能看破造化的诡计，仍然一次次一遍遍继续“往返地狱天堂人间”，生生灭灭，周而复始，没有片刻止息。“我”迷恋生，但也并不惧怕死，在生死轮转中，“我”以生死无惧的勇气，获得了摆脱形骸制约灵魂不死的“永生”形式——“我”是固执的风雨雷电啊，“我”就迷恋着“我”的此在方式，不愿去寻求解脱之路。所以，“我”成为尘世间的灵魂不死者。“我”周游于辽阔的旷野，穿行于“旷野中伫立着的历史的废墟”，“历史的废墟回荡着我的气息”——在人迹罕至之地，被人间遗弃之地，曾经永恒与辉煌之地，曾经有“我”的存在，现在仍有“我”的存在。这是“我”的有意造访，“我”怎会忘却这里，怎会忘记这里曾经发生的事，这里的历史。在此废墟之地，“我”想说的就是：“微笑着面对未来 / 未来是永恒和辉煌。”过去的已过去，现在的正持存，未来的还未来。曾经的辉煌永恒辉煌，朽败和逝去的只是形式和物质，而不是本质。现在已在，未来会来，让我们追求永恒和辉煌吧，光明永远在前，辉煌永远无尽，永恒和辉煌而不是苟且和阴暗，才是人类的未来，“未来是永恒和辉煌”。

所以，亲爱的人啊，或者聪明的你啊，可不要只把“我”当成风雨雷电，当成一种具体的可见可感的物体，不是的，“假如你只把我当成风雨雷电 / 那是对我最大的不敬 / 犹如这地球上的诗人 / 假如你只把他当成诗人 / 那是对他最大的亵渎”，“我”不仅仅是物，正如诗人“他们本就是风雨雷电”，是人中的通神者、用语言建立秩序传达大道者一样；“风雨雷也本就是万物之灵”，万物的灵魂、灵性、神奇、神性皆汇聚于“我”，“我”与人类拥有共同的光荣与智慧。

我们都是万物之灵，同是大地之子，同是起源于宇宙太虚混沌中的一团正气，不过“我”还有不及人类之处。“我上天入地”其实并未遇到过真正神通广大的“真神”，也没有见过传说中修炼升天的人物，他们的故事都只是传说而已。但“我”知道，所有的先知、圣灵、伟大心灵导师、各路仙佛神灵，“耶稣佛陀耶和华 / 菩萨湿婆玛利亚 / 天主梵天毗湿婆 / 太上老君安拉胡 / 所有被人膜拜之真神”，他们其实“全部来自烟火之人间”，人间、人世、红尘、娑婆世界，其实才是真正的修行之所、得证菩提之地。人生难得，人世难逢，人生纵有八难八苦，但只有人才具备暇满（相对其他非人众生而言，更具闲暇而自由）人身，才具备最基本的生活条件，才能稍微从容的探索灵魂上的事。看看吧，“人是一件多么了不起的杰作”！只有人，才提出要“认识你自己”，才自豪自许“人是万物的尺度”“有思想力的人是万物的尺度”。

烟火之人间，是最可宝贵的。所以“我”才格外珍惜人间，爱着人间，盼着人间的不被染污、不被沦陷，恳请“人间哟你要为我好好活着”。

也许，你要说“我强大无边”，但“即使我强大无边”，即便真的强大无边，哪怕更进一步，“甚至即使我无生无灭”，但“我”也仍是“弱小的生命噢”，最强大的生命也有弱小之处，再雄强的力量也有弱点，再伟大的神灵也有情感。但“我”再有软弱、脆弱之时，“我”却始终是骄傲的风雨雷电啊，一次次激烈的爆发是“我”的常态，“你不必惊讶于我的爆发”，这没有什么，“但你是否记住了我的沉默”？你最该了解的应该是“我”的沉默，爆发后“我”的沉默，“我”为什么沉默？沉默为何？“当我沉默着的时候，我觉得充实；我将开口，同时感到空虚。”

是的，“真正的沉默必在大悲之后”，是大痛苦大悲恸之后的欲哭无泪或泪已流干，不是在沉默中爆发，也不是在沉默中灭亡，而是天地如此静穆之时，“我”的沉默是为“我”自己，为友与仇，人与兽，爱者与不爱者的凭吊，是痛不欲生之后的无语凝噎，是痛定思痛，“犹如你记住了 2020 年的春天 / 和这个春天所有的折磨与思念”。是的，这正如你所记住的“2020 年的春天”，这个春天，疫区人们所遭遇的所有的威胁与伤害、折磨与摧残，所给你烙下的伤痛、煎熬与印记。正如疫区人们的痛，他们的忧思，他们的呼告祈求，为言语所无法企及，无法表达。“我”的沉默，正是如此。

灾难终将过去，生活仍要继续。终于疫情渐除，灾难平息，人们渡过劫波，天下重归太平，“我又一次逡巡于美丽的世界”，“花好月圆，梦幻人间”，不久前还是地狱般的城市恍如换了人间，颇有几分梦幻色彩，让人不敢相信眼前的太平盛景是真的。

这个春天被泪水所浸泡，又哭干了所有人的眼睛，这个春天有太多的生离死别，有太多的战战兢兢忧思惊恐，有太多的亲人、友人、有缘之人、萍水相逢之人之间的守护和互相支持，有太多的等待和等待中的希望和无望。有感于此，“我再次沉默于 2020 年的春天”，“我”在猜测，“这个春天是否只有等待没有爱情”。是的，“我”也在这个春天等待，可是“另一个世界读不懂我的等待”；其实“我们”之间也有爱情，但另外一个世界，“当然更读不懂我们的爱情”——人间的世界，不会懂得“我”风雨雷电所等待的是什么，在等待谁（“我”所等待是海晏河清，天下太平，人间重现美丽新世界）；人间的世界，也不会懂得“我们的爱情”所爱的是什么，是怎样的一种爱（“我”的所爱是人类，人间，永不止息的爱）。另外一个世界，“我”之外的人类读不懂没关系，所以“我”选择了沉默——“在人间，是谁曾说过 / 沉默是痛苦的至高见证”（“我”见证了至高的痛苦！所以“我”保持沉默），“可是在人间，又有谁说过 / 就让沉默的痛苦作证”（就让沉默的大多数、让无声的痛苦者的痛苦来作证，来为历史作证吧！所以“我”需要沉默）——“我”选择沉默，是让沉默成为“我”的和所有不幸者的痛苦的见证，更是为了让无数无声者的痛苦为历史作证。

这苦难经历，就当是我们心智不成熟的代价吧，当作我们成长的必然代价吧，遭逢并从这次的瘟疫中幸存，就“让我们再长大一次吧”。这是“我”“手拙嘴笨”向尘世所告诫的另一句话。

第 99 节之后，本来以为诗歌到此，就基本穷尽了主题所规定、诗情所设计的叙事抒情功能，应该可以进入以回旋式的奏鸣为主要特征的最后阶段了。——但不！我们看到，从第 100 节开始，全诗的情感强度并无耗减，而且强度反而加大——第 100—102 节，以悲怆语调，说出了风雨雷电与人类之间旷世之爱的苦涩情感；而终于，在第 103 节，说出了全诗对于风雨雷电的定位和最崇高的致敬——“风雨雷电本就是万物之灵”！应该说至此，全篇的主题，亦即颂诗的主部主题表达才得以完成。然后，经过第 104 节的过渡，从第 105 节开始，诗歌将最后的三个诗节全部给了副部主题——2020 年春天，这里的人的生与死，这里的生死所由引起的反思。副部主题仿佛一下子颠覆性地完全成为最强音，从前面主部主题 100 多个诗节的声响中顽强地突围出来。

第 107 节以征引梁任公《少年中国说》中的一个句子及语义收尾——“噢，红日初升，其道大光 / 人间的尘世，尘世的人间 / 啊！我多么爱你，人类”——经此一役，度此一劫，如凤凰浴火，如脱胎换骨，天道沧桑而天道无情，惟有道法自然天人合一敬畏天命，才是出路。一个崭新的人类啊，正在生成，正在成长——“我”期待、“我”祝愿、“我”迎接、“我”欢呼，尘世将成为这样的尘世，人间将成为这样的人间——“红日初升，其道大光”的尘世，“前途似海，来日方长”的人间，“与天不老”的国家，“与国无疆”的人类！

十

终于到了尾声。伫立于旷野，“我”——风雨雷电，完成了一次古老而苍凉的回眸。心事浩茫连广宇，于无声处听惊雷。风啊，雨啊，雷啊，电啊，你们都过来；故园人间啊，天地苍穹啊，“我”的头颅“我”的热血“我”的魂魄啊，你们都记着；啊，风雨雷电啊，“我”是浩荡寂寞，“我”也有着浩荡的寂寞；“我”是未知的未来和永远的永远啊，“我”也有着未知的未来和永远的永远。

整个诗节，全部都是名词。名词的叠加筑起全诗的最后一个塔尖，一个楼阁。在这最后的一节，“我”先是发出召唤，再次一分为四，对四个分身四个众神做出分封，它们分别站立于天地间，分立于纸上、诗中，它们都是伟大中的伟大者，做出封神式的奖赏。然后发出昭告，感恩“我”的故国家园、根脉祖先，“我”头颅，“我”的肉身和灵魂；最后再以众神之神的合体，“我”——风雨雷电，发出对神圣体（至高者，绝对意志者，并涵盖了释道耶回等所有的真神和先知）的礼赞，“我”寂寞因何浩荡无边的？那是对圣灵的思念；“我”的未来为何不可知？“我”永远的永远因何永远？那都是宇宙太初的旨意和授记，“我”得以领受，得以成全。

至此，诗人黄惠波完成了他的长诗的书写、建构，具有巨大的思想文化的容量、历史哲学的烛照、宇宙人生意义的思考，从而既是现实性的回响，也是历史性的留存，既是历史与现实的交响，也是诗情与哲思的奏鸣。该诗也因体制的宏大、直面人类问题发言的雄心和勇敢的回答，从而成为一部巨制，一首大诗！

【全诗解释完，意犹未尽，又想起荷尔德林《如当节日的时候》的第3节唱道：

但现在正破晓！我期候着，看到了
神圣者到来，神圣者就是我的词语。
因为自然本身，比季节更古老
并且逾越东西方的诸神，
自然现在已随武器之音苏醒，
而从天穹高处直抵幽幽深渊
遵循牢不可破的法则，一如既往地
自然源出于神圣的混沌，
重新感受澎湃激情，那创造一切者。

“神圣者”“自然”“诸神”“天穹”“深渊”都出现了——正是黄惠波诗中的虚实玄真、天堂地狱、混沌鸿蒙、天人合一、自然、苍穹、大地、众生等的中国式命名；荷尔德林诗中的叙事者“我”也出现了——他的这个“我”，也正如风雨雷电的“我”，诗人黄惠波的“我”，此时沐浴神圣者之光的一个个具体而微的“我”和复数的“我”。而“自然”，也正是黄惠波的中心词语——这自然，是“人法地，地法天，天法道，道法自然”的“自然”，是道以自己为法则的道性自然。黄惠波的世界观（或者宇宙观），从而也就是“道大，天大，地大，人亦大”的宇宙“四大”图式，道为本源，人居其一。“自然者，理之极致也。”自然就是道，道就是自然。

黄惠波宇宙和世界精神图谱中的“自然”就是这样一种源出于本源，也即荷尔德林所说的“神圣者”的东西，是从“神圣者”牢不可破的法则中涌现出来的。而且，自然是无所不在的“创造一切者”，超越时间，超越诸神、真神、泛神等所有被命名者。自然也是风雨雷电的发源之所，传递和彰显了自然的本质、自然的意志、自然的法则，并把大地、大地上的万物众生“轻柔拥抱”（荷尔德林），万物众生得以在自然的怀抱中得以敞开和澄明。但众生偶尔会迷惑、昏睡、偏执，自然就显现为悲哀、为黑暗，就显现为黑暗中的种种不虞、灾难——如《假如我是风雨雷电》副部主题所直面的疠疫。而诗人通过风雨雷电的召唤和礼赞，实际上将目光投向了本源之处的光和澄明，以迎神祈愿的仪式，以诗的“通神”的语言，代表人间和自己，祈请自然的苏醒，祈请来自自然的照亮，祈请来自自然的重新眷顾，渴望天人合一天人合德天人相应的“破晓”时刻，亦即人类的新生、美丽新世界的到来。

这是两位“自然”诗人跨时空的神奇相遇吗？抑或是黄惠波以东方哲思对“诗哲”“诗人之诗人”荷尔德林的同题应答？抑或是道、自然、“那创造一切者”的“神圣者”对两位诗人同样的授记?】

CHUNQIU JI

春秋集

秋卷

黄惠波　著

華中師範大學出版社
CENTRAL CHINA NORMAL UNIVERSITY PRESS

新出图证（鄂）字 10 号

图书在版编目（CIP）数据

春秋集：春、秋卷／黄惠波著．—武汉：华中师范大学出版社，2020.12
ISBN 978-7-5622-9287-6

Ⅰ．①春…　Ⅱ．①黄…　Ⅲ．①诗集—中国—当代　Ⅳ．①I227

中国版本图书馆 CIP 数据核字（2020）第 271837 号

春秋集：春、秋卷
© 黄惠波　著

责任编辑：肖绪旭　张忠　　责任校对：肖阳　　封面设计：钟清
编 辑 室：综合编辑室　　电　话：027-67867370
出版发行：华中师范大学出版社有限责任公司
社　址：湖北省武汉市洪山区珞喻路 152 号　　邮　编：430079
销售电话：027-67863426（发行部）　　传　真：027-67863291
网　址：http://press.ccnu.edu.cn　　电子邮箱：press@mail.ccnu.edu.cn
印　刷：湖北新华印务有限公司　　督　印：刘敏
开　本：889 mm×1194 mm　1/32　　总印张：15
版　次：2020 年 12 月第 1 版　　印　次：2020 年 12 月第 1 次印刷
总 字 数：275 千字　　总 定 价：80.00 元（两卷）

欢迎上网查询、购书

目录

《春秋集》总序

2020年1月24日，除夕之夜。晚饭后我像往年除夕夜一样从家里漫步到龙城广场，这个快乐的好习惯我已坚持十几年了。但今年殊异，因为COVID-19，街上极度冷清，空气中弥漫着失落和未知。

在这个特殊之夜，一路上我想了很多，从龙城广场想到地球村，从我的家人朋友想到我的同类。我的思绪不能自已，仿佛水库的闸门被打开，浩荡的静水奔涌而出。《假如我是风雨雷电——在“COVID-19”的日子里》就这样在除夕之夜孕育了！从正月初二开始，我们按下了全年忙碌的“快速键”。虽然忙，但诗神伴着我。忘不了2月8日元宵节，天寒地冻中，半夜12点我们在卡口工作，回到宿舍后至凌晨3点我在冷颤中写下的那些滚烫的诗句。3月6日，初稿；4月8日，定稿。当4月8日晚上我一口气把近1600行的长诗朗诵一遍至最后第108节时，感觉比2015年10月我在内蒙古阿拉善盟额济纳旗达来呼步镇一气写下的后来获得第五届“《中国作家》郭沫若诗歌奖”的500行长诗《胡杨·秋问》还要荡气回肠！7月初，《深圳文学》杂志以“主编推荐”推出全诗，附上了评论家于爱成博士的长篇评论文章。随后，《深圳特区报》《深圳商报》《香港商报》乃至华文作家网、西南文学网等境内外媒体先后转发了该诗，其中，7月18日中午《深圳全接触》

栏目以“这首诗，让匆匆的你慢下脚步”为题介绍了该诗，一个下午点击量就达“10 万 +”。至此，“风雨雷电”降临人间，这就是《春秋集·春卷》。

4 月 10 日深夜，我在小书房里翻阅我订阅的香港《东方日报》，其中 A17 版赫然映入眼帘，整版介绍了全世界新冠肺炎疫情，并把各国染病和死亡人数从高到低列表排名！在这个静夜，我平静的心突然狂跳！地球村有恙，谁能独善其身？！当年周游列国的情景一幕幕呈现。我强烈感觉到我可以且应该做点什么，于是我去买了三张《世界地图》……直到 2020 年 11 月，由 211 首小诗组成的《假如我必须选择你——在后“COVID-19”的日子里》也降生了，这就是《春秋集·秋卷》。

感谢于爱成博士为“春卷”撰写了长篇评论。

感谢高中地理高级教师罗明军老师和历史高级教师曹雪梅老师为“秋卷”校订关于地理和历史方面的内容。

感谢聘我为校外研究生（硕士）导师的华中师范大学玉成此事，联系校出版社出版这部《春秋集》。

总有人问我：这么忙，还有时间写诗？我认真地回答：我不是一个“写”诗的人。问者摇头！我又严肃地回答：我写诗不需要时间。又摇头！于是我诙谐地说：你见过一个育龄妇女因为忙而耽误怀孕生子吗？终于有人将信将疑地点头。其实对于诗人来说，问题不在于他有没有时间，而在于他心里有没有诗！

犹如这个注定令人无法忘怀的 2020 年，多少人在双倍地忙碌着，我只是在双倍忙碌中还生了一对“双胞胎”而已。

假如我必须选择你

——在后“COVID-19”的日子里

秋

题记

地球村应该记住这个日子
2020 年 9 月 21 日
联合国庆祝成立 75 周年纪念峰会
因 COVID-19 在线上举行
……
人类总是如此善良和倔强
我以 211 首小诗和一声轻叹
奉上我对善良而倔强人类的
——倔强的善良

美国

蓝[1]

宽厚的太平洋
纤巧的东西岸
你是否看见了
那片美丽的蓝
啊，那是辽阔天空的蔚蓝
那是深邃大海的湛蓝
当心中的太阳穿透迷雾
一声轻叹唤醒了遥远的蓝

①蓝色代表冷静、理性、希望。

印度

黄河与恒河

神秘和无限想象力
悠久与美妙的回忆
羌独、天竺、贤豆[1]
如一壶绵柔老酒

遥望恒河与黄河
但见两个历史老人
在斑斓的霞光中
执手漫步遐思……

①中国古代文献对印度的称呼。

巴西

祝愿

当我乘坐小火车蜿蜒上了耶稣山顶
当我在圣保罗的东方街惬意地流连
当我看着伊瓜苏瀑布的蝴蝶蹁跹起舞[①]
我只想真诚地说两个字：祝愿

《论语》说“三人行必有吾师”
《圣经》云“信的人有永生”
此刻我的思绪如伊瓜苏的蝴蝶
自由、欢快、轻盈……

①耶稣山、东方街和伊瓜苏瀑布都是巴西有名的景点。

俄罗斯

大与小[①]

“从南方的海岸到北极的边疆，
你森林啊苍茫，你田野宽广。
你屹立在世上，你举世啊无双，
是上帝所佑护的可爱家乡。”[②]

牛肉羊肉伏特加
牛排香肠罗宋汤
红茶蜂蜜格瓦斯
列巴煎饼鱼子酱
若碎杯碟莫惊讶[③]
治大国如烹小鲜也

①俄罗斯是世界上面积最大的国家，国土面积 1709.82 万平方公里。

②俄罗斯国歌《俄罗斯，我们神圣的祖国》歌词，摘自中国著名音乐家、翻译家薛范先生译文。

③俄罗斯人餐桌上常有的食品和饮料。俄罗斯人认为打碎碗碟杯盘意味着富贵和幸福，因此在喜寿宴等喜庆场合，会故意打碎一些杯盘以示庆贺。

秘鲁

四海之内皆兄弟①

“大山大洋大地画
无雨之城有牵挂”②
十六年前的诗句
而今读之已鬓染霜花
“遗民似是自华来”③
莫非“殷商东渡”非传说
“四海之内皆兄弟”
莫论东西南北中

①见《论语·颜渊》。
②见作者《禾火集·秘鲁印象》一诗，作于2004年11月。大山指安第斯山，大洋指太平洋，大地画是秘鲁境内知名的景点。秘鲁首都利马有“无雨之城”的称号。
③康有为诗句。

哥伦比亚

黄金国里的祖母绿[①]

上帝喜欢什么颜色?

“啊，永不褪色的光荣
啊，无尽的欢声
在痛苦的深渊之中
幸福已经泉涌，幸福已经泉涌
啊，永不褪色的光荣……”[②]

是绿色? 金黄色?
抑或——白色! [③]

①哥伦比亚古称“黄金国”，其黄金储量世界前十；哥伦比亚是优质祖母绿的代名词，其绿宝石储量世界第一，高档绿宝石出口量占世界总供应量的50%—60%。
②哥伦比亚国歌《啊，永不褪色的光荣》歌词。
③哥伦比亚是世界毒品中心之一。

墨西哥

玉米的故乡[①]

这就是墨西哥——
奥尔梅克文明
特奥蒂瓦坎文明
托尔特克文明
萨波特克文明
玛雅文明
阿兹特克文明
这就是墨西哥的声音
“请靠后，大地或苍天”[②]

①大约九千年前，古代墨西哥人驯化培育了玉米，因而墨西哥有“玉米的故乡”之美誉。

②墨西哥诗人帕斯（1914—1998）的诗句，帕斯获1990年诺贝尔文学奖。

南非

过开普敦机场[1]

非洲明珠开普敦，
地狱天堂一扇门。
奢者别墅高尔夫，
贫者今夜无处宿。
我愿天公重抖擞，
南北西东转乾坤。
转得天下真太平，
小小寰球共饱温。

——作于 2004 年 4 月

①见作者诗集《禾火集》。

西班牙

那个夏季

2005 年的夏季
我从塞维利亚到巴塞罗那
伊比利亚半岛的明珠陶醉了我
但我还是留下了惆怅的诗句
“我们每一个人
从诞生之日起
就孤独地走在自己的旅途上
……
造物主创造了我们
我们每个人就是唯一”①
如今再读这些诗句
我不禁泪流唏嘘
当时我还想告诉你
足球是人类伟大创举
但斗牛不是个好主意

记得在巴塞罗那的海边
有一条栈道通向水深处
能否把所有 COVID-19
深埋于海底
嘱咐海龙王不许其超生
让所有亡魂
在天国稍露笑意

①摘自作者《禾火集》之《走在路上》一诗。

阿根廷

白银之国[①]

你与南极洲隔海相望
火地岛上也有我的乡亲[②]
“艳阳软草书拂面
阿国桃源可耕田”[③]
你捧出“白银”的纯净
告诫世人敬畏自然生灵
当新冠肺炎肆虐人间
所有的远方都无法独善其身

---

①阿根廷在西班牙语中意为“白银”。
②火地岛，位于阿根廷最南端。
③见作者《禾火集》之《阿根廷某岛》。

法国

自豪的法兰西

假如罗丹登上埃菲尔铁塔之顶[①]
他将怎样重新雕塑自豪的法兰西
假如雨果再次莅临巴黎圣母院[②]
他该如何真诚地为共和国祈许
假如巴尔扎克先生站在凯旋门下[③]
他是否会构思另类的人间喜剧
塞纳河多么静美[④]
勃朗峰也算巍峨[⑤]
让《马赛曲》再次响起[⑥]
为保卫美好人间
向瘟疫发起聚歼的攻击

①罗丹（1840—1917），法国雕塑艺术家。埃菲尔铁塔是法国文化象征之一。

②雨果(1802—1885),法国浪漫主义文学代表作家,著有长篇小说《巴黎圣母院》等。

③巴尔扎克(1799—1850),“现代法国小说之父”,其《人间喜剧》包含91部小说。凯旋门位于巴黎市中心戴高乐广场。

④塞纳河是法国著名河流。

⑤勃朗峰在法意边境，为欧洲第二高峰，海拔4810米。

⑥《马赛曲》——自由的赞歌，作者鲁热·德·利尔，作于1792年奥地利、普鲁士武装干涉法国大革命时期。

智利

和平鸽

我有一只和平鸽
纯铜制造①
来自“天涯之国”②
圣地亚哥的街头小店
忘不了那个温馨的落日黄昏
我步出店门脱口说出世界你好噢
如今我在万里之遥的中国把你凝望
却见小小地球村和平鸽无处栖身

①智利有“铜矿王国”之美誉，是世界上产铜和出口铜最多的国家。

②智利是世界上最狭长的国家，南北长 4352 公里，东西最窄处只有 96.8 公里。智利有约 1 万公里的海岸线，南与南极洲隔海相望，智利人常称自己的国家为“天涯之国”。

英国

我看到

我仿佛看到
培根与莎士比亚①
骑着白马从不远处经过

我看到苍茫大地上
暮色正在没入夜色
夜色正在奔向黎明

①培根、莎士比亚和哈维，是英国文艺复兴“三巨人”。

孟加拉

在“歌舞之乡”①

无论你在孟加拉湾
还是在圣马丁岛②
歌舞、神秘、灵异
我看到了陶瓷和雕刻
听见虎啸龙吟
我感受大地的呼吸
如飓风呼呼
“金色的孟加拉，我的母亲，我爱你。
……
啊，我的母亲，如果你沉下脸来，
我将热泪滚滚，为你哭泣，我将为你哭泣。”③

①孟加拉有“歌舞之乡”的美称，其歌舞颇有神秘主义的色彩。
②孟加拉最南端的岛屿。
③孟加拉国歌《金色的孟加拉》歌词，为印度诗人泰戈尔所作。

伊拉克

神噢，开门

神之门噢，开吧[1]
我要倾听你的诉说
巴比伦古城的废墟，是否还
倾诉着美索不达米亚文明的因果
空中花园的清香，是否还
游荡着《汉谟拉比法典》的尊严
现实世界不会再有《天方夜谭》[2]
但尘世永远屹立着《我的故乡》[3]

①位于伊拉克境内的四大文明古国之一的巴比伦古城遗址是人类文明的发祥地之一，巴比伦意为“神之门”；巴比伦空中花园被列为古代世界七大奇迹之一；世界上第一部比较完备的成文法典《汉谟拉比法典》在古巴比伦问世。

②《天方夜谭》中航海家辛巴达周游世界就是从伊拉克巴士拉启程的。

③《我的故乡》为伊拉克国歌，“……我的故乡，我的故乡，剑和笔都是武器……”。

沙特阿拉伯

幸福的沙漠①

用什么诠释热烈
用什么诠释冷静
用什么诠释欢乐
用什么诠释忧伤
用什么诠释坦荡
用什么诠释迷茫
用什么诠释消亡
用什么诠释永恒
在幸福的沙漠里
那一个落日黄昏

①在阿拉伯语中，“沙特”是“幸福”之意，阿拉伯是“沙漠”之意，沙特阿拉伯即意为“幸福的沙漠”。

土耳其

致勇敢者[1]

“要无畏，别气馁，
深红旗帜颜色不褪……”[2]
当苦难来临
游子总会想起母亲
啊！底格里斯河
幼发拉底河
在古老的摇篮里
那些永恒的诗歌
啊！美丽而浪漫
坚强而勇敢
世上的土耳其

①在鞑靼语中，“突厥”是勇敢的意思，“土耳其”意即“勇敢人的国家”。
②土耳其国歌《独立进行曲》歌词。

巴基斯坦

圣洁的土地[1]

当“圣洁的土地”染上了新冠病毒
在“赎罪节”里我们该说些什么[2]
当帕米尔高原的红其拉甫展现其秀美
“死亡之谷”也向人们张开血盆大口
亿万年的悲壮故事在光阴中静默
静默的日子从真理和谬误中间穿过……

①巴基斯坦意为“圣洁的土地”。

②巴基斯坦节日“赎罪节”，每年3月13—14日。

意大利

翡冷翠

谁能想到，2020 年
疫疠惊扰了你的历史
像庞贝和罗马①
像佛罗伦萨
像所有古老的传说
一样沉重
啊，佛罗伦萨，人类的圣地
中国的徐志摩称你为翡冷翠
美丽世界永远的美玉

①庞贝、罗马、佛罗伦萨都是意大利古城。

邂逅菲律宾

我曾在马尼拉的街头上[①]
任车水马龙放飞我的理想
我曾在火山下的林边
骑着小毛驴去追逐夕阳
旅途地摊上俏皮的木玩偶
如今还摆放在我的书桌上
那位划船老兄膀上的汗珠
告诉我这世界有苦难就有希望

①马尼拉为菲律宾首都，热闹非凡。

德国

恍然如梦

在巴伐利亚州，慕尼黑
英国公园里的中国塔[①]
我与你邂逅于
若干年前某个秋日黄昏
只缘一个玫瑰色的梦

而今，2020 年 4 月 7 日[②]
与你邂逅的是中国上海
缘于 800 万枚口罩
和一个美好的祝愿
无价的祝愿恍然如梦

①中国塔位于慕尼黑之英国公园内，有 200 多年历史。

②据德媒报道，4 月 7 日，800 万枚来自中国上海的口罩运抵巴伐利亚州首府慕尼黑，巴伐利亚州州长索德尔，德国联邦交通和数字基础设施部部长朔伊儿亲赴机场迎接。

印尼

一万年的诘问

对与错，功与过
恩与怨，福与祸
历史不会作答
当你从一万个岛屿走过[①]
你的词汇只剩两个字
——“爱”与“恕”
“啊，印度尼西亚
独立、自由、伟大
我们亲爱的土地和国家”[②]

①印尼是全世界最大的群岛国家，由约 17508 个岛屿组成，号称“千岛之国”。
②印尼国歌《伟大的印尼》歌词最后一段。

以色列

与神角力[1]

哭着笑
抑或笑着哭
耶路撒冷
撕裂与完美
我远远地望着你
我终于站在你面前
我向你深鞠一躬
与神角力的英雄啊
我向你深鞠一躬
我站在你面前
我远远地望着你……

①以色列，希伯来文意为“与神角力者”。

乌克兰

苦难之旁

从我刚懂事始
就知道你的伟大
“在乌克兰辽阔的原野上”①
伟大总与苦难相随
四月于你，情何以堪②
但高贵总在苦难时呈现：
“乌克兰仍在人间，她的光荣，她的自由，
在我们同胞之上，命运将再次微笑。
我们的敌人将会消失，像朝阳下的露珠，
同胞们，我们将会统治我们自己的自由土地。”③

①苏联时期的著名歌曲。

②1986年4月26日切尔诺贝利核事故；2020年4月3日起切尔诺贝利森林大火；2020年4月5日起基辅佩切尔洞穴修道院爆发聚集性新冠肺炎感染，百人确诊。

③乌克兰国歌《乌克兰仍在人间》歌词。

加拿大

一片枫叶[①]

那是2001年春天
我在安大略湖边[②]
随手捡拾了一片枫叶
至今我还把它珍藏
犹如珍藏一段美好时光
不，不是时光
那是对寂寞生命的回望[③]
和对所有回望的怀想

①加拿大被称为“枫叶之国”，枫树是加拿大的国树。

②加拿大安大略省因其湖而得名，“安大略”在易洛魁语中意为“美丽之湖”“闪光之湖”。

③加拿大地广人稀，置身其中，深感生命之寂寞，“加拿大”一词在印第安语中就是“群落”“村庄”之意。

“哈萨克”①

“世界没有绝望的处境，只有对处境绝望的人。”②

啊——
哈萨克！哈萨克
自由来自哈萨克
骄傲来自哈萨克
哪怕身处险境
也要心向蓝天
你本是飞翔的雄鹰
啊！哈萨克，哈萨克
我的哈萨克

①哈萨克斯坦是世界最大的内陆国，在斯拉夫语中，哈萨克意为“避难者、脱离者、逃亡者”。金雕是该国国鸟。
②摘自《阿拜箴言录》。阿拜是哈萨克诗圣，精神之父。

玻利维亚

在最高处[①]

在最高处
谁觉得寒冷
谁觉得清醒
不必问驴
不必问印加帝
不必问玻利瓦尔[②]
问苍茫大地无言
所有兴亡更替
全在一念之间

①玻利维亚是世界上平均海拔最高的国家，平均海拔3000米以上。玻利维亚有丰富的自然资源，被称为“坐在金矿上的驴”，却是南美洲最贫穷的国家之一。境内有印加帝国遗址。

②玻利维亚原叫玻利瓦尔，以美洲独立战争杰出的领袖西蒙·玻利瓦尔的名字命名，后改为现名。

厄瓜多尔

香蕉之根[①]

还记得四十年前的某一天[②]
当时世界还年轻我也年轻
一个厄瓜多尔人来中国寻根
当他见到祖先昔日的学堂
他高兴如中华鲤鱼跃龙门
那时我不知道贵国的香蕉
竟还比我故乡的香甜
更不知道那是地球的中心
甚至从没听说过“赤道之国”[③]
但早已感受了你的热情

①厄瓜多尔以“香蕉之国”闻名于世。
② 1983 年，笔者在深圳光祖中学任教，亲身经历了诗中所描述的故事。
③厄瓜多尔在西班牙语中就是“赤道”之意，赤道横贯厄瓜多尔北部。

卡塔尔

断与续[1]

幸福从天而降
欢乐来自海上
天破处百孔千疮
水深处苦海茫茫
命运握在自己手中
他人拽着自己手腕
当疫疠之魔鬼袭来
谁能“面朝大海，花开春暖”

①卡塔尔国大部分领土为波斯湾围绕，因石油和天然气而富有，2017 年 6 月曾发生“卡塔尔断交事件”。

罗马尼亚

半个世纪的梦

一个国家
藏在我心里
因为一条河
那时我天真浪漫
而你蔚蓝蔚蓝
啊！多瑙河之波[①]

如今你依然，是
“罗马人的国家”[②]
而我依然有
“红的血和白的魂”[③]
只是梦中的多瑙河
是否依然蔚蓝

①多瑙河、喀尔巴阡山与黑海是罗马尼亚“三大国宝”。
②罗马尼亚在拉丁语中意为“罗马人的国家”。
③作者诗作《假如我是风雨雷电》句。

摩洛哥

海峡的心声①

莫问我谁能
在繁华中独享孤清
莫问我谁能
在喧嚣中独守寂静
我已富可敌国
只因沉默是金

①直布罗陀海峡最窄处在摩洛哥西雷斯角和西班牙马罗基角之间，宽仅13公里。

多米尼加

四大美女①

哥伦布躲在暗处
望着伊斯帕尼奥拉岛上
四大美女悠闲地过着日子
她们喝着“马比”
就着蔗糖
品着咖啡
抽着雪茄
诠释着生活的酸甜苦辣
演绎着生命的哲学和真谛

①多米尼加意为“星期天、休息日”。哥伦布于15世纪末某个星期天第一次到美洲时登上了伊斯帕尼奥拉岛，“多米尼加”因此诞生。该国盛产甘蔗、咖啡、烟草；国人喜欢喝一种由菠萝和柠檬做成的酸饮料“马比”。（该国多美女，故诗人把这四样喻为“四大美女”。）

巴拿马

桥[①]

一座水桥
把两大巨头
拉进了彼此怀抱
从此大西洋与太平洋
不分南北

两大巨人
在握手之间
两手握成一座桥
从此把两颗心抻开
各为西东

①巴拿马运河被称为“世界桥梁”，全长81.3公里，运河从北到南连接大西洋与太平洋，使“两洋”航程缩短了1.6万公里。

比利时

在“欧洲首都”①

那一年秋天
我在街角见到小于连②
一泡尿在眼前腾起迷雾
犹如拿破仑百思不解滑铁卢

后来我终于明白
大人的事大人常不明白
于是小于连成了救世主
且撒一泡尿作大人教材

①比利时首都布鲁塞尔是欧盟和北约总部所在地，有“欧洲首都”之称。滑铁卢之战和撒尿小童于连的传说也发生于此。

②小于连撒尿救古城的故事源于比利时民间传说，有几个版本，主要情节类似，只是战争发生的历史背景不同。

埃及

开罗素描[1]

灰蒙蒙的天空
笼罩着你沉甸甸的古城
你的城大而方
你的河灰而长
你的街宽而脏
你的楼密而黄
你的车子破破烂烂
你的子民熙熙攘攘
你的金字塔太迷茫
你的博物馆太杂乱
古国的包袱太沉重
文明的式微太苍凉
顿一顿你脚下的大地吧
让斯芬克斯重放光芒[2]

——作于 2004 年 4 月

①见作者诗集《禾火集》。
②指狮身人面像。

科威特

口罩的哲学

黑色的石油
丙烯和聚丙烯
深闺女子熔喷布
白色的口罩[①]
生命的保护者
将病毒和死神拒之门外
你盛产石油却不产口罩
这不是悖论，而是“道”

①口罩生产链条：石油→丙烯→聚丙烯→熔喷布→口罩。

荷兰

风

有了风
风车就转了起来[1]
郁金香就飘了过来

让空气流动起来
就有了风
今夜的世界哟，没有风

①荷兰在日耳曼语中叫尼德兰，意为“低地之国”。风车和郁金香都是荷兰的“商标”，郁金香为荷兰国花。

阿曼

上帝的泪珠[①]

当石油期货贱于海水[②]
阿曼湾盛满人间的泪[③]
霍尔木兹海峡没有忧伤
可垂钓，可泅渡，可赛龙舟
当人类从沉醉中醒来
是否猛然明白，为何
沙漠的珍珠
原是上帝的泪

①阿曼有“乳香之邦”的美称。乳香是从一种奇特的树上分泌出来的树脂，越是干旱贫瘠的自然条件越适合乳香树的生长。乳香曾价同黄金，称“上帝的泪珠”“沙漠的珍珠”。

②在2020年春天新冠肺炎肆虐全球时，石油期货价曾是“负数”。

③阿曼扼守着世界上最重要的石油输出通道——波斯湾和阿曼湾之间的霍尔木兹海峡。

中国

母与子

母亲哟
请原谅我对你
破涕为笑，泪流满面

瑞典

诺贝尔之谜

“你的太阳，你的天空，你的翠绿草地”①
这是“安宁王国”的荣耀②
这种荣耀更来自骄傲的诺贝尔
他让全世界所有骄傲的人
争先去解开世界之谜
当我写下这首短诗时
COVID-19 已接近揭开底细
但有一个永恒的人类之谜
只有“白桦山庄”知道谜底③

①瑞典国歌《你古老的光荣的北国山乡》里的歌词。
②瑞典一词来自瑞典语，为“安宁的王国”之意。
③诺贝尔奖没有数学奖，成了一个难解之“谜”。“白桦山庄”是诺贝尔故居。

阿联酋

沙漠中的花朵①

石油诠释着财富
沙漠思念着绿树
财富自有财富哲理
各得其所者世上万物
迪拜城里之中餐馆
宛若吾乡之大排档
中餐馆金碧辉煌
大排档花团锦簇

①阿联酋以产石油富，有“沙漠中的花朵”美称。作为沙漠之国，富有的标志之一乃门口的树。迪拜为阿联酋首都。

危地马拉

历史的皱纹

柔弱夕阳里
“常青之城”的翠绿①
映衬着玛雅遗址的孤寂②
石刻的不是历法
是心存不甘的历史
石柱上不是花纹
而是历史的皱褶
即使把美好交给昨天
明日太阳也将准时莅临

①危地马拉首都危地马拉市有“常青之城”的美称。
②危地马拉是古代印第安人玛雅文化中心之一。

波兰

奥斯维辛的伤口

关于波兰
关于苏联
关于犹太人
关于地球和人类
啊！奥斯维辛①
眼泪如何诅咒罪过
结痂的伤口
用什么堵住涌动的血

① 1940 年 4 月，纳粹德国在波兰建立以奥斯维辛集中营为代表的多个集中营，用于处置数百万名犹太人和来自波兰、苏联等国的俘虏。这是人类最黑暗的时刻。

日本

秋叶原[1]

这是岛国寒冷的清晨
我在东京的街头上疾行
为了生计也为了使命
我得搭车从饭田桥到秋叶原
看见佝偻老妇洒扫庭前
我随意问随行的小林先生
小林真诚的笑若有所思
说这个国度的好传统都来自
——中国古人
秦汉隋唐抑或宋元明清
……

夜色闪烁我辗转难眠
入我梦者都是“中国古人”
当国人心安理得地忘却“黎明即起”
遥远的岛国还珍藏着饭田桥和秋叶原
不知道饭田桥是否也曾月落乌啼
也不知道唐诗中有多少绝句
本就是“中国古人”心中的
秋——叶——原

——作于 2016 年 3 月

①见作者诗集《秋问集》。

白俄罗斯

美从何来

你盛产水灵灵的美女
不因你有两万条河
也不因你是“万湖之国”①
不因你东欧平原辽阔
不因你骄傲的明斯克②
啊——
“……诗人的歌声为你回响，
千百年的崛起与成长，
今天的飞跃无可阻挡，
面对神秘的未来更加勇敢……”③

①白俄罗斯地处东欧平原，多湿地，境内有两万条河流，一万多个湖泊，称“万湖之国”。

②明斯克是白俄罗斯首府，美女最多的城市。

③白俄罗斯国歌《我们白俄罗斯人》歌词。白俄罗斯虽不富裕，但人民能歌善舞，幸福感强，所谓“相由心生”，知足者美丽也。

深渊之问[1]

何谓“深渊”
莫问太平洋
也莫问加勒比
莫问“大蓝洞”[2]
更莫问雨中鱼[3]
想问哥伦布
但闻悠悠五百年
一片汪洋里
只留下半缕唏嘘

① 1502 年哥伦布登陆此地时，起名洪都拉斯，意为“深渊”。洪都拉斯南濒太平洋，北临加勒比海。

②洪都拉斯“大蓝洞”是全世界最大的水下洞穴，也是世界十大地质奇观之一。

③每年 5—7 月，龙卷风会卷起海水，下起奇特的“鱼雨”。

观海葡萄牙①

伫立于地之尽头
我知道
前进半步亦无路可走
可是，我的朋友
请不必为我担忧
纵使尘世的理想怅然破灭
可我壮美的海洋之梦亦就此开步
我何曾不留恋脚下这多情的土地哟
只是你为何变得越来越俗气
假如这茫茫的海上有一个和平的岛屿
我多愿——
驾一叶扁舟
——奔她而去！

——作于 2005 年 6 月

①见作者诗集《禾火集》。

红

红红的咖啡果
长于红红的高原①
是对红红远古的缅怀
还是对红红未来的期待
或许不必以红红的血
去表达红红的爱②
只要心存红红的念头
世界就充满红红的希望

①埃塞俄比亚有三分之二土地是高原，有“非洲屋脊”之称。埃塞俄比亚是非洲古国之一，也是现代世界最不发达的国家之一，但其咖啡产量占世界的15%，占全国创汇的25%。埃塞人喜爱鲜艳颜色，不喜欢黑色和黄色。

②据说埃塞奥姆河谷的哈莫人有独特的求爱方式，女人授鞭于心仪男子，男子以鞭狠抽女人后背以示爱，越狠越爱至鲜血淋漓、血肉模糊。

尼泊尔

叩问

高与低
冷与热
生与死
有与无
……
叩问八座山峰①
抑或——
叩问一尊真佛②

①世界十大高峰有八座在中尼边境的喜马拉雅山脉。

②佛祖释迦牟尼出生于尼泊尔境内的蓝毗尼。

委内瑞拉

沉默

我对我崇高的沉默
保持着卑鄙的沉默

我在“小威尼斯”面前沉默①
我在咆哮的安赫尔瀑布面前沉默②
我在辽阔的马拉开波湖面前沉默③
我在美丽动人的环球小姐面前沉默④

我对我卑鄙的沉默
保持着崇高的沉默

①委内瑞拉源自意大利文，意为“小威尼斯”，曾是拉美最富裕的国家，现为世界“痛苦指数”最高的国家。

②委内瑞拉有“瀑布之乡”美誉，东南部的安赫尔瀑布是全世界落差最大的瀑布，达979米。

③委内瑞拉西北部的马拉开波湖是拉美第一大湖，面积1.43万平方公里，湖下面藏着极其丰富的石油。

④委内瑞拉是盛产美女的国家，产生多位环球小姐和世界小姐。

巴林

一个“小”国①

一口井，宣告财富开始
一棵树，宣示生命奇迹
一座桥，宣读现代史诗
一片冢，宣讲史前故事
一个弹丸小国
一粒美艳明珠
向浮躁的世人
展现一个冷冷的“我”

①只有156万人口的中东小国巴林被称为“波斯湾的明珠”，境内有中东的第一口油井。沙漠戈壁有枝繁叶茂的树，曾经为世界最长的跨海大桥“法赫德国王大桥”连接巴林和沙特阿拉伯。世界最大的史前时期的“冢林”有30平方公里之大，前人墓被泥沙埋没，后人复葬其上，终成山丘，最早可溯至公元前3000年的青铜器时代。

“富饶的海岸”[1]

假如太平洋
可以呵护你的骄傲
假如加勒比海
可以诠释你的富饶
那么，是什么让你说
——军队，我不要[2]
是你那句永恒的格言
“工作与和平万岁”
还是嘹亮的国歌在耳畔萦绕
“向大地致敬礼
向慈母致敬礼”[3]

---

①哥斯达黎加东临加勒比海，西濒太平洋，在西班牙语中意为“富饶的海岸”。

②哥斯达黎加是世界上第一个不设军队的国家。

③《哥斯达黎加共和国国歌》歌词。

尼日利亚

团结与忠诚[①]

一个 2000 年古国告诉我[②]
——团结与忠诚
1400 公里长的尼日尔河告诉我
——团结与忠诚
两亿善良的人民告诉我
——团结与忠诚
我望着身旁丑陋的世界
想起了“自由”的索因卡[③]

①尼日利亚是非洲第一人口大国和非洲第一大经济体，其国徽上写着尼日利亚格言“团结与忠诚”。

②尼日利亚有着 2000 多年的文化史，有“黑非文化摇篮”之名。

③尼日利亚剧作家、诗人沃莱·索因卡（1934— ）是第一位获得诺贝尔文学奖的非洲文学家，他说自己“永久的信仰是人的自由”。

新加坡

邂逅新加坡①

每当我想起你的名字
总会唤起儿时美好的记忆
正当我风尘仆仆地走进你
匆匆的脚步却变得慌乱迟疑
莫非这也叫近乡情怯
抑或早已惊呆于你的美丽
翡翠是你的衣裳
鲜花是你的容颜
夜明珠宛若你清澈的眼眸
透亮中闪着迷人的温柔
你胸怀大爱，故你包容
你自信多彩，故你从容
你饱经绝处求生的磨难
——故你欢快
你仿佛涅槃的凤凰
——故你灵动

有人说你是思维缜密的智者
也有人说你是行动快捷的小伙
我却说你是风情万种的美妙少女
款款地漫步在这南海之滨
叫世人为你赞叹
为你流连
为你留恋

——作于 2009 年 8 月

①见作者诗集《禾火集》。

捷克

干杯[①]

来吧，上啤酒
卡夫卡——为健康干杯[②]
塞弗尔特——为和平干杯[③]
昆德拉——为《生命中不能承受之轻》[④]
干杯！

①据载，2017年捷克人均啤酒消费137.38升，以人均计捷克人饮用啤酒连续多年居世界榜首。

②卡夫卡（1883—1924），捷克小说家。

③塞弗尔特（1901—1986），捷克诗人，1984年因展现“人类不屈不挠的解放形象”而获诺贝尔文学奖。

④昆德拉（1929— ），捷克小说家。其著名小说《生命中不能承受之轻》曾被拍成电影《布拉格之恋》。

乌兹别克斯坦

古老的故事

告诉我
在古老的丝绸之路上①
你还珍藏着
多少动人的故事
恭请天上的白云
抑或地上的白金②
告诉我吧
那些古老的故事

①乌兹别克斯坦是著名的丝绸之路古国。

②乌兹别克斯坦的经济支柱有“四金”：黄金、“白金”（棉花）、“黑金”（石油）、蓝金（天然气）。

瑞士

“欧洲屋脊”的神话[1]

你在最高处永久地中立着
雄浑的歌声却在我耳畔回响
“祖国，请你召唤
我们披肝沥胆，将身奉献
瑞士万寿无疆，儿女健康成长
像圣雅各布之战，争赴疆场”[2]
我若有所思，似有所悟
但阿尔卑斯山欲言又止
默默递给我一把瑞士军刀[3]

①瑞士全境以高原和山地为主，有“欧洲屋脊”之称。

②瑞士原国歌《祖国，请你召唤》歌词。瑞士原没有正式国歌，一向以《祖国，请你召唤》和《瑞士诗篇》分享国歌荣耀。1961 年 9 月，联邦政府宣布以《瑞士诗篇》为国歌，但要用三年再作决定。1964 年 12 月 31 日又延长了试用期，至今未定论。

③瑞士军刀以精巧完美著称。

阿尔及利亚

一粒金沙①

我徜徉于
地中海之滨
孤帆远影

我驰骋于
撒哈拉风里
落日独圆

①阿尔及利亚国土面积238.17万平方公里，居非洲各国、地中海各国和阿拉伯国家之冠，阿尔及利亚北部有地中海的金色沙滩，南部有浩瀚的撒哈拉沙漠。

亚美尼亚

4月24日[1]

我叫“海雅斯坦”[2]
我喜欢红色
我喜爱面食
我爱吃鲜嫩羊肉
我热情好客
我最爱自己的母亲
我祈求世界和平
我把最悲伤的日子
变成特殊的节日

①亚美尼亚把每年4月24日定为“种族灭绝日”，纪念1915—1917年间奥斯曼帝国对亚族人实施的种族灭绝，以特殊的方式化解人间仇恨，祈求世界和平。
②亚美尼亚人称自己的国家为“海雅斯坦”，意为“好客的民族”。

摩尔多瓦

“我们的语言是燃烧的火焰”①

国与家
不是丘陵和谷地
不是草原和森林
不是眼前所见的美丽
而是苦难和欢乐
在阳光下交织②
燃烧的火焰
在土地上留下长长印记
磨不灭的血迹写着：苏醒

①摩尔多瓦国歌《我们的语言》歌词“我们的语言是燃烧的火焰，我们当中有人从沉睡中醒悟……”。
②摩尔多瓦日照充足，有“阳光之国”美誉。摩国与罗马尼亚同宗同文，近百年来先后称为：摩尔达维亚自治共和国、摩尔达维亚苏维埃社会主义共和国、摩尔多瓦苏维埃社会主义共和国、摩尔多瓦共和国。

塞尔维亚

"铁杆朋友"①

相隔万里
又何妨
只要心相连

刀山火海
又何惧
只要情相牵

①在 2020 年春新冠肺炎先后肆虐中国和塞尔维亚时，两国真诚互助，传为感人佳话。塞尔维亚总统武契奇称中国为"铁杆朋友"。

加纳

惊魂一瞥

在黄金海岸①
兴高采烈的“抬棺舞”②
霎时颠覆了我
莫非
“人活一世
最后的奖励就是死亡”③
突然想终老加纳
不为最后的狂欢
只为莫让我之所爱徒增悲伤

---

①加纳共和国盛产黄金而被称为“黄金海岸”。

②“抬棺舞”是加纳的葬礼文化。加纳人以兴高采烈的“抬棺舞”诠释“死亡并不是生命的终结，而是新的开始”。

③非洲谚语。

草原上的李白①

世上所有动人的诗句
全在漂泊者眼里
“高山，山谷和平原
是我们的生长圣地……”②
我要去遥远的碎叶城
找寻李白的足迹
却见草原上的牧民
在悠悠白云下游憩

---

①吉尔吉斯意为“草原上的游牧民”，吉尔吉斯共和国，通称“吉尔吉斯斯坦”。李白生于唐安西都护府重镇碎叶城（今吉尔吉斯斯坦托克马克市东南），4岁才离开碎叶城，来到四川。

②《吉尔吉斯共和国国歌》歌词。

波多黎各

“富裕之港”①

当夜风袭来
大海没入黑暗
西班牙神曲响起
心儿随水波荡漾

异国的语言
诠释自由之邦
莫道自由的代价
是失去自由梦想

①波多黎各，西班牙语意为“富裕之港”。

奥地利

乐都沉思①

能否
让音乐
远离战争

但音乐
却常激发
战斗的激情

①奥地利首都维也纳是公认的世界音乐之都，萨尔斯堡音乐节是世界上历史最悠久、水平最高、规模最大的古典音乐节之一。维也纳新年音乐会也是世界最有名的音乐盛会。

阿塞拜疆

丝路风火①

里海边的风儿
是否还依稀记得
那条千年古丝路

似曾相识的古城
遗忘了多少故事
却没忘那一堆篝火

①阿塞拜疆国名意为“火的国家”。首都巴库在里海西岸边，意为“风城”，巴库是古丝绸之路的一座名城。

阿富汗与郁金香

你是阿富汗，非独“普什图”①
你是学生哥，非独“塔利班”②
你有分明的四季，非独酷暑与严寒③
“这是阿富汗国家，乃诸阿富汗人自豪之地
这是和平之家，宝剑之地，他的儿女都是英雄……”④
让大地再无火药，而飘着郁金香的清香⑤
郁金香的花语，永远是爱与浪漫

①阿富汗在普什图语中，意为“普什图人的地方”，普什图人占全国人口的40%。
②塔利班源于阿拉伯语，意为“学生”。
③阿富汗四季分明，冬天最冷在-30℃以下，夏天最热近50℃。
④《阿富汗国歌》歌词首段，歌词中提及了阿富汗各部族的名称。
⑤阿富汗国花为郁金香。

肯尼亚

静默的时空①

凭什么展现神秘
是赤道横卧东中西
还是大裂谷纵贯南北地
凭什么抒写传奇
是雪山与火山并蒂
还是沙漠与湖泊各异
纵使光阴湮灭了一切
造化也会在静默中宣誓
人类，发源于此地

①肯尼亚是人类的发源地之一，境内曾出土约250万年前的人类头盖骨化石。诗中写到的赤道、东非大裂谷、火山、雪山、沙漠、湖泊等都是肯尼亚的景象。明朝郑和也曾到过该国的蒙巴萨和马林迪。

巴勒斯坦

矛与盾

我愿是一支长矛啊
——所向无敌
我愿是一块厚盾啊
——坚不可摧
啊——
耶路撒冷和拉姆安拉
我的故国我的天涯[1]
……

①巴勒斯坦法定首都是耶路撒冷，实际首都在拉姆安拉。据2017年统计数字，巴勒斯坦国共1270万人口，其中国内488万，其余为分布于世界各地的难民和侨民。

巴拉圭

最高处

站在你的最高处
那里看得见巴西
也看得见阿根廷
还看得见乌拉圭
当然，是否看得见
1864 年的那一场战争[①]

尘封的一本历史书
书里有历史的最高处

① 1864 年，巴拉圭向巴西、阿根廷、乌拉圭宣战，战争至 1870 年总统小洛佩斯被击毙而告终。巴拉圭男人战后仅剩 3 万人，该国被迫实行“一夫多妻”制。

爱尔兰[①]

谁能不把你向往
噢你那迷人的温婉[②]
让我想起了尘世沧桑
你那迷人的翠绿
让世界充满了希望
你迷人的都柏林[③]
迷人的乔伊斯[④]
迷人的叶芝……
噢！爱尔兰
谁能忍心不把你向往

①爱尔兰是北美通向欧洲的通道，有诸多别称，如翡翠岛国、绿岛、绿宝石、学者之岛、科学家之岛等。

②爱尔兰气候平稳，夏季14—16℃，冬季4—7℃，十分宜人。

③都柏林是爱尔兰首都，在中世纪就被誉为大学城。今有“都柏林作家博物馆”，称“作家之城”；都柏林诞生过四位诺贝尔文学奖得主。

④乔伊斯，《都柏林人》《尤利西斯》作者。

黎巴嫩

寻觅

去《旧约圣经》里找你[①]
还是去巴尔贝克神庙找你[②]
去内战纪念碑找你[③]
还是去塔伊夫协议找你
去黎巴嫩山找你[④]
还是去山外的尘世找你
你跟世界捉着迷藏
我在云里找到了你

①黎巴嫩境内有人类最早的一批城市与世界遗产，有的文明古迹历史达5000多年，《旧约圣经》里有零散的记录。

②巴尔贝克神庙是世界上保存最完整的最大的古罗马建筑之一，有2000年历史。

③1975年，黎巴嫩基督教和伊斯兰教两派爆发了一场持续15年的内战，严重破坏了黎巴嫩的经济和社会发展。1989年，双方签署塔伊夫协议，内战结束。

④黎巴嫩山纵贯全境，最高峰3083米。

利比亚

白与黑

祖父辈的二战
似乎比的黎波里[1]
两千七百年，更遥远
血与火的北非战场
给世界留下了
什么遗产
灰色的世界
告诉你这世界并非
非白即黑

①利比亚源于希腊语，意为“白种人居住地”，是世界主要产油国和石油输出国之一。首都的黎波里是有2700年历史的古城。

“救世主”①

萨尔瓦多
萨尔瓦多
萨尔瓦多
“萨尔瓦多”在哪
在萨尔瓦多
在圣安娜眼中②
有 638 万个③
“萨尔瓦多”

①萨尔瓦多在葡萄牙语中意为“救世主”，但该国社会动荡不稳，黑帮众多。
②萨尔瓦多被称为“火山之国”，其中的圣安娜活火山海拔2385米，为全国最高峰。
③萨尔瓦多是中美洲人口最密集国家，面积2.07万平方公里，人口638万。

澳大利亚

孤与独

南方的大陆
你独立为洲①
但世界不会让谁独善其身
造化的宠儿
你孤悬海外
但造化不会让幸福和灾难孤悬

吾国的市井小民常说
你中有我我中有你
或许你终其一生也难解其意
这不是现代歌谣
而是东方的哲理

①澳大利亚意为“南方的大陆”，是世界唯一一个国土覆盖整个大陆的国家，故俗称“澳洲”。

波黑

“南斯拉夫”的怀想[①]

波黑
波斯尼亚
黑塞哥维那
抱歉，吾国吾民
如今依然钟情于
南斯拉夫，萨拉热窝
和勇敢的瓦尔特[②]
噢，所有寒冷而清澈的怀想

①波斯尼亚和黑塞哥维那，简称波黑，是从原南斯拉夫分离出来的国家。波斯尼亚得名于“波斯尼亚河”，在塞尔维亚语中，意为“寒冷”“清澈”。
②南斯拉夫拍摄的反映二战的电影《瓦尔特保卫萨拉热窝》是中国人熟悉的一部电影，萨拉热窝现为波黑首都。

丹麦

童话王国里的童话①

历史终将湮没一切
哪怕北极圈的冰屋格陵兰②
哪怕嘉士伯的迷人啤酒香③
哪怕令人骄傲的“丹麦人力量”④
但——
即使历史也湮没于时空
安徒生依然永放光芒

---

①丹麦作家安徒生因童话作品《丑小鸭》《海的女儿》《皇帝的新衣》《卖火柴的小女孩》等，让丹麦有了“童话王国”的美名。

②北极格陵兰属丹麦，为世界第一岛屿，面积216.6万平方公里。

③嘉士伯是世界第四大酿酒集团，于1847年创立，总部位于丹麦哥本哈根。

④1219年，丹麦诞生了世界上第一面国旗，被称为“丹麦人的力量”。

韩国

太极与太极旗

我有八卦四象两仪
你也有太极旗
我有端午中秋春节
你也过正月初一
我的古往今来你都熟悉
你的《大长今》我记在心里[1]
我俩有太多不同太多迥异
更有心中古老的默契

①《大长今》，韩国电视剧。

球之梦①

梦见一个遥远而辽阔的梦——
亲爱的喀麦隆
谢谢你的芒果
谢谢你的小木雕
谢谢你的“非洲雄狮”
啊！足球，足球
中国足球——
我的梦嘎然而醒

①喀麦隆以国家足球队及本土音乐风格著称于世界，国家足球队有“非洲雄狮”的美誉。芒果、小木雕都是喀麦隆的特产。

匈牙利

遥望与遥想

伫立于布达水边
遥望着佩斯城
那些古老的故事
如多瑙河静静流过①

是匈牙利还是汉武帝
把“十个部落”藏匿②
遥想那些逝去的日子
如裴多菲神秘的诗句③

①多瑙河从斯洛伐克南部流入，把匈牙利截成东西两部分。匈牙利首都布达佩斯就是由多瑙河两岸的城市布达和佩斯合并而成。

②“匈牙利”在匈牙利语中意为“十个部落”，传说匈牙利人是中国汉朝时匈奴人的后裔。

③匈牙利大诗人裴多菲（1823—1849）在一首诗中写道：“我们那遥远的祖先，你们是怎么从亚洲走过漫长之路，来到多瑙河边建立国家？”

科特迪瓦

变[1]

我戴着
四川的变脸
去找寻
你的面具[2]
你我心照不宣
任鼓声四起

①科特迪瓦政局动荡，一直在变，从“象牙的海岸”到科特迪瓦。我希望继续变，直至变成人间乐土。
② 2017 年科特迪瓦的“面具舞”成为世界非物质文化遗产。

保加利亚

生活的本质

无关真理与谬误
也非讽刺与幽默
谁在乎生活的本质

是存在决定一切
你看他向她求婚
她使劲摇头说：诺！诺！诺！[①]

①在保加利亚的民俗中使劲点头是否定，摇头才是肯定，“点头不算摇头算”（同样民俗的国家还有阿尔巴尼亚等）。

库拉索

历史的印记

在飓风带之外
一个富庶的岛屿①
当奴隶的住所
列入世界遗产名录
历史告诫着现实
记住或忘却
如一杯库拉索酒②
味道微苦，回味悠长

①库拉索是荷属加勒比海ABC三岛之一［阿鲁巴岛（Aruba）、波内赫岛（Bonaire）和库拉索岛（Curacao）］，面积444平方公里，人口159999（2016年），该岛在飓风侵袭带之外。

②库拉索酒是当地著名的特产。

北马其顿

一个名字①

一个名字
纠缠成一部历史
一部历史书
合起来：精美
翻开来：破碎

---

①北马其顿由原南斯拉夫马其顿共和国分离出来。2019 年 1 月 11 日，马其顿议会通过一项宪法修正案，同意将国家名称改为北马其顿共和国，以结束该国与南部邻国希腊长达数十年的国名争端。

假如

假如
特洛伊战争
是传说
那么
古希腊文明[①]
不是

假如
东方对西方古文明
亲而近之
为何
西方对东方古哲学
趋而避之

①古希腊是西方文明和奥运会的发源地，古希腊的文化和科学技术对东西方世界都产生了深远的影响。

马达加斯加

牛的哲学①

在“牛的王国”
可以诠释财富
却不能诠释贫穷
犹如南回归线
可以诠释南北
但不能诠释西东

①马达加斯加是世界上最不发达的国家之一，南回归线从该国南部穿过。马达加斯加被称为“牛的王国”，国民崇拜牛，牛头是国家的象征，牛像孩子一样要接受洗礼，牛每周休息一天。

“山里人”的心里话[①]

我家有个小哥
名叫马可·波罗[②]
我家有个小哥
名叫马可·波罗
我家有个小哥
名叫马可·波罗
……

①克罗地亚在斯拉夫语中，意为“山冈之人”。

②马可·波罗（1254—1324）出生于克罗地亚的考尔楚拉岛，其时该地区受威尼斯共和国统治，且因《马可·波罗游记》由意大利语写成等原因，世人遂称其为威尼斯人、意大利人。

塞内加尔

花生国[1]

地球人
谁一辈子
没吃过花生

或许它来自
塞内加尔
的农田

有罪的我们
应该大喊一声
“万岁，非洲，母亲。”[2]

①塞内加尔是世界最不发达的国家之一，盛产花生，大部分出口，是其经济的重要支柱之一。
②《塞内加尔共和国国歌》歌词。

赞比亚

天地人

不必亲自看过
维多利亚大瀑布[1]
美丽仿佛眼前

不必亲自乘坐
坦赞铁路[2]
美好已在心中

你也不必困惑
这是许多人困惑的
古老中国的哲学

①赞比亚境内的维多利亚大瀑布（即莫西奥图尼亚瀑布）是世界三大瀑布之一，也是世界七大奇观之一。

②中国援建的坦赞铁路是连通东非和中南非的交通大干线，全长 1860.5 公里，建成于 1975 年，其时中国经济仍相当落后。

苏丹

热与冷①

把非洲之龙
撒哈拉
引至东方
入红海
或入尼罗河
祈求从此后
世界冷静
人间无恙

①苏丹首都喀土穆被称为“世界火炉”，苏丹曾被评为“世界最不安定的国家”。苏丹历史悠久，但经济发展落后。

挪威

通往北方之路[①]

向北
向北
再向北
噢——
通往北方之路
一直向前
直至抵达南极[②]
直至抵达幸福[③]

①挪威在挪威语中意为“通往北方之路”。
②挪威人阿蒙森（1872—1928）是人类历史上第一个到达南极点的人。
③ 2017 年，挪威被联合国评为世界上最幸福国家。

阿尔巴尼亚

山鹰[1]

山鹰向往天空
那是它的江湖
但山鹰的归宿
不是天空
也不是堡垒
而是某座苍凉的山上
某一棵苍老的树

①阿尔巴尼亚被称为“山鹰之国”，因人均堡垒世界最多，又被称为“碉堡王国”。

突尼斯

天之骄子①

翻滚的海浪
和闪烁的沙滩
憧憬着明日辉煌

浩瀚的沙漠
和高傲的油橄榄
承载着古老梦想

在“世界文化之都”上
茉莉花飘着香②
颤抖着为和平祈愿

①突尼斯是世界少有的几个集沙漠、海滩、山林和古文明于一身的国家。1997年，联合国教育、科学及文化组织选定突尼斯市为“世界文化之都”。阿拉伯联盟总部也于1979年迁入突尼斯。

②茉莉花为突尼斯国花。

纳米比亚

情

三十而立①
问世间情为何物
犹如海边的纳米布②
亿万年的等待
只为一个念想
在心头
挥之不去

①纳米比亚于1990年3月21日实现独立，为非洲大陆最后一个获得民族独立的国家。“国父”萨姆·努乔马于1960年毕业于中国南京陆军指挥学院，一生中12次访问中国，对中国有深厚感情。
②纳米布是纳米比亚西部沿海的狭长沙漠，细沙五颜六色，景色十分柔美。

金沙萨[1]

我愿骑一匹毛驴
驮着厚重的宝藏[2]
沿着长长的刚果河[3]
走到地老天荒
我看见了和平的世界
和烈士的鲜血
在夕阳下闪着
黑红色的光

①刚果（金）首都，区别于刚果（布）。

②刚果（金）被称为“世界原料仓库”“中非宝石”。

③刚果河流长4669公里，世界第六大长河，其流量和流域之广大仅次于亚马孙河，全球第二。

马来西亚

三个锡壶[①]

我家里珍藏着三个锡壶
它们来自柔佛槟城马六甲[②]
我把最好的茶叶藏在里面
恭候着马来西亚的亲人光临
我与林俊杰表叔约好 2020 年 5 月
在中国深圳和故乡汕头会面
但一场病毒扼杀了我们的心愿
俊杰叔生于大马，今已七十挂零
我俩今生今世迄今未曾谋面

①马来西亚的锡壶闻名华人圈。
②柔佛、槟城、马六甲，都是马来西亚地名。

几内亚

啼

伫立于
尼日尔河的清晨
抑或冈比亚河的午后
又抑或塞内加尔河的黄昏①
一只大公鸡②
何时再
引吭高歌

①几内亚是世界最不发达的国家之一，却有“地质奇迹”之称，有钻石、黄金等丰富矿产，其中铝储量世界第一。几内亚被称为“西非水塔”，西非三大河（尼日尔河、冈比亚河、塞内加尔河）均发源于该国。
②几内亚人对公鸡有特殊的感情，认为公鸡是力量和美丽的象征。

马尔代夫

溜山国[①]

那些“伏在水下的山脉”[②]
是否还残留着明朝的印记
六百年的故事
天堂与太阳依稀[③]
博物馆里寂寞的瓷器
和幽怨的钱币
都不必欲言又止
且看郑三宝的大海迷离[④]
优素福的使者[⑤]
如何与风浪搏击
那些远去的历史
让现实索然无味

①中国史称马尔代夫为“溜山国”或“溜洋国”。

②明朝时，中国人称马尔代夫为“伏在水下的山脉”。

③指马尔代夫天堂岛与太阳岛。

④郑和（郑三宝）曾于明永乐十年（1412 年）和明宣德五年（1430 年）率领商船队西渡到达马尔代夫。

⑤明永乐十四年（1416 年）之后，马尔代夫国王优素福曾三次遣使来华。

法属圭亚那

探亲

那天，我去探访一位老友
但他探亲去了
他去探望女儿和外孙
两个月后他回了国
告诉我在南美洲北岸的森林之国①
那里很好，也很美
老朋友说那里也有人在读中国古诗
“海内存知己，天涯若比邻”
我说圭亚那与中国只隔万里
离“天涯”还远着呢

①法属圭亚那被誉为“森林之国”。

黑山

塔拉河谷大桥[1]

无论是多雨的冬季
抑或干燥的夏日
访客来自四面八方[2]
是游历还是探亲
或许各怀心思
总有人胸口烙着一个印
每逢天气变化
偶尔会隐隐作痛

①位于黑山北部的塔拉河谷大桥，横跨欧洲最深的峡谷——塔拉河大峡谷，全长366米，初建于1940年，这座桥就是中国观众熟悉的南斯拉夫电影《桥》的拍摄地。

②黑山曾为南斯拉夫六个加盟共和国之一，人口63万，但每年游客达350万。游客多来自南斯拉夫联盟共和国。

芬兰

冷暖自知

北极有多冷[1]
莫问圣诞老人
人间有多苦
莫问天上诸神

①芬兰有三分之一的土地在北极圈内，传说芬兰境内的“耳朵山”就是圣诞老人的故乡。

加蓬

美丽的故事

在遥远的非洲
有一个“绿金之国”①
那是美丽的加蓬

尊敬的部长先生
让·平主席先生
生于斯长于斯

但他记得自己的根
在中国·浙江·温州
他的父亲名叫程志平②

①加蓬是非洲富裕国家，盛产石油和木材，被称为“木材之国”“绿金之国”。
②程志平祖籍温州，1933年到加蓬，与部落酋长女儿结婚，其子让·平是加蓬国内大名鼎鼎的人物，历任该国能源部部长和外交部部长、非洲联盟委员会主席、联合国大会第59届会议主席。

海之地[①]

海之地
多水
水中月
阴晴圆缺

海之地
多山
风呼呼
多少传说

①海地，印第安语为“多山之地”，是世界上第一个黑人共和国（1804.1.1），也是一个有太多神秘故事的国度。

卢森堡

袖珍国之“珍”[1]

“请赐给我们最神圣的礼物自由，
让自由的太阳高高照，
我们向你请求，
让自由的太阳高高照，
我们向你请求”[2]
当一切都拥有了
你还追求什么
你说即使变成乞丐
也要追求自由

①卢森堡被称为“袖珍之国”“千堡之国”，全国2586平方公里，人口60万，卢森堡连续多年人均收入世界第一，人均寿命80岁。
②卢森堡国歌《我们的祖国》歌词。

缅甸

有“作家节”的国家[①]

“晚霞笼罩着伊洛瓦底江[②]
活泼的海鸥展翅飞翔
啊，它们飞来飞去尽情歌唱
啊，它们自由自在多么欢畅
静静的江水向东流
唯有那歌声轻轻回荡”
当我深情地唱起它时，
我并不知道那是你的歌
没有令人羡慕的富裕
却有令人仰慕的善举[③]
啊，五千年的文明，千年的佛

①缅甸“作家节”在每年12月上旬，源于古时祭神活动，从1782年起演化成敬仰和奖励“像神一样崇高”的大作家们，1944年缅甸作协正式确定为“作家节”。
②缅甸歌曲《海鸥》歌词。伊洛瓦底江发源于青藏高原，为缅甸第一大河。
③缅甸虽不富裕，但人民乐善好施。

津巴布韦

石头城[①]

在石头古城
恨芳草萋萋
苍穹无言
只恨光阴有意
一枚足球[②]
偏射向往昔
一只鸟儿[③]
惟两眼迷离

①津巴布韦在班图语中意为“石头城”，该国境内有200多处石头城遗址。
②足球是津巴布韦最流行的体育运动项目。
③津巴布韦鸟是该国特有的标志，也是非洲国家古老文明的象征。

斯洛伐克

历史的颤音

古城堡沉默无言[1]
岁月却在唱着歌
“兄弟们，要坚定
狂风暴雨会停”[2]

多瑙河静静流过[3]
乌云却在上空翻腾
“雷和电，把它惊醒
教她振作生命”[4]

①斯洛伐克是世界上城堡数量最多的国家之一。
②④斯洛伐克国歌《塔特拉山上的暴风》歌词。
③流经斯洛伐克的多瑙河是该国与匈牙利和奥地利的界河。

毛里塔尼亚

气味①

黄河与大西洋
沙漠与戈壁滩
努瓦克肖特的烤全羊
马大胡子兰州羊羔店
哈哈哈……
同举杯以茶当酒
只为那气味相投

①毛里塔尼亚三分之二地区为沙漠，西濒大西洋。毛里塔尼亚首都努瓦克肖特与中国兰州市是友好城市。“烤全羊”是毛塔最盛情的待客之礼，兰州马大胡子羊羔肉远近闻名。用餐时毛塔人喜欢饮用又酽又甜的绿茶。

莫桑比克

在海边[①]

太阳昏睡了
月亮悄悄出浴
薄雾轻纱里
曼妙于莫桑比克
迷迷蒙蒙中
拾起香囊个个
仿佛人类
失落的良知

①莫桑比克东濒印度洋，面积79.94万平方公里，人口2949.6万（2018年）。2018年人均GDP只有490美元，是世界最贫穷的国家之一。与中国互相帮助，2008年中国汶川大地震时，莫桑比克还捐了4万元人民币。

乌干达

梦“非洲明珠”①

梦里依稀
在维多利亚湖畔②
结庐而居

却有早来人
献上牛肉咖喱
自称名叫丘吉尔

①乌干达是世界最不发达国家之一，虽在赤道但被称为“高原水乡”。地势高，四季如春，英国首相丘吉尔曾誉之为“非洲明珠”。

②维多利亚湖是世界第二、非洲最大的淡水湖，超过42%在乌干达境内。

约旦

约旦的哲学

天地悠悠
如死海之不死[①]
万物如谜
如月亮谷之惊奇[②]
约旦的哲学
如沙漠之变与不变
尘世之生命
如永恒之石火电光

①死海在约旦境内，是世界上海拔最低（-442 米）的湖泊。

②月亮谷是约旦的著名景点。据科学家研究，其环境面貌是地球上最像月球的，因而得名“月亮谷”。在瓦迪拉姆沙漠周围有高山，红、黄、橘变幻，美丽至极。

垂钓马拉维[①]

没有海的国度
上天赠你一个大湖
多少个美好日子
我垂钓于夕阳黄昏
像一个中国古人
夜里美梦翩然而来
一个卡富拉人对我说[②]
兄弟，来一根白肋烟[③]

---

①马拉维得国名于马拉维湖，马拉维湖为非洲第五大湖，面积2.2万平方公里，有很多世界独一无二的淡水鱼。

②卡富拉人是古代马拉维最早的居民。

③烟草是马拉维的主要经济作物，全国70%的劳动力从事烟草相关行业。其中白肋烟世界有名。

打油佛得角①

资源少，基础薄，
人民生活乐逍遥；
政局稳，客纷至，
火山原是幸福岛。②

①这是一首打油诗。

②佛得角是个火山群岛国家，国土面积4033平方公里，专属经济区734265平方公里，人口54万；该国政局稳定，百姓安居乐业，旅游业吸引的外国直接投资占引进外资的90%以上。

吉布提

和平的诗篇

在亚丁湾西岸
在曼德海峡之旁①
你用国旗宣誓
“团结，平等，和平”
你又用国徽宣誓
“独立，自由，和平”
你还用《吉布提共和国国歌》
在非洲最低处宣誓②
“我们的国旗
绿色是永恒的大地
蓝色是天际
和平是白色的寓意”
异国的军营，何时唱起你和平的诗篇③
……

---

①曼德海峡是红海进入印度洋的必经之路。

②吉布提西北部的阿萨勒湖是非洲大陆的最低点，湖面低于海平面150米。

③吉布提是世界最不发达的国家之一。但境内有美军和法军在非洲的最大军事基地，也有中国人民解放军的后勤保障基地。

牙买加

水和树[1]

我在深圳
遥想金斯敦
那片“水和树木之地”
诞生了博尔特[2]
诞生了牙买加之梦
更高，更快，更强
像树木一样成长
却如水一般温柔

①牙买加国名源自原住民印第安人阿拉瓦克族语，意为“水和树木之地”，中国深圳与牙买加首都金斯敦是友好城市。

②博尔特是世界最著名的短跑健将，六获奥运金牌，七破世界纪录，是牙买加的骄傲。

斯威士兰

智慧之思

写在庄严国歌里的诗句
宛如老师在作业本上的批语
“请赐给我们以智慧
但是不需要奸诈”①
期待那美好的八月
智慧而灵动的芦苇舞节②
用美丽告别往昔
且用美丽启示未来世界

①《斯威士兰王国国歌》歌词。
②每年八九月间，是斯国“芦苇舞节”，这是该国少女的成人节和选美节，参加者手持芦苇而得名。

古巴

“好地方”①

来吧好地方
圣地亚哥城②
巴拉德罗海滩③
所有
骨子里的
惆怅
狂野
寂寞
浪漫
来一支“哈瓦那”④
且看
烟雾里的古道热肠

①古巴国名来自泰诺语，意为“肥沃之地”“好地方”。

②圣地亚哥城是古巴第二大城市，这里的人粗犷尚武，被称为古巴的“英雄城”。

③巴拉德罗海滩以沙细且白著称，是世界著名的八大海滩之一。

④“哈瓦那”牌雪茄是古巴最有名的雪茄烟。

维多利亚港[①]

一滴水
如一颗泪
苦涩 辛酸
一滴水
如一朝露
甘甜 清爽
千万滴水
汇聚成沧桑维港
坦荡 辉煌
这就是百年香江

映衬着东方之珠的迷人曙光
伫立于静水之旁
看霓虹闪烁夜色阑珊
叹往事历历心事茫茫
惊回首 时空穿越
只剩下悲歌万阕
热泪千行
只觉得月朗星稀
白露为霜

——作于 2009 年 8 月

①见作者诗集《禾火集》。

赤道几内亚

变与不变

可可咖啡石油[1]
咖啡石油可可
石油可可咖啡
……
无数的变
蕴含于有限的不变
犹如有限的日子
蕴含着无限的
过日子的方式

①赤道几内亚是世界最不发达的国家之一，可可、咖啡和石油是其“特产”。

一条大河①

你在河之东
我在河之西
你叫我刚果（布）
我叫你刚果（金）
一样的花开花谢
异样的日出日落
说得清的兄弟情
道不尽的母亲河

①刚果河是刚果（布）和刚果（金）的界河，两国同文同宗，却素来不睦。刚果之名因刚果河而得，当地土语意为“大河”。

中非

钻[1]

中非之钻
非钻
乃国徽上
那八字真言
“普天之下，人人平等”[2]

①中非是“钻石之国”，钻石资源分布面积占全国1/2，储量4000万克拉，年产量40万克拉。
②中非国徽最上端写着本国桑戈语格言“普天之下，人人平等”。

卢旺达

金不换

曾经世界的痛①
如今世界的快
向全世界免签②
没错，是全世界
勇气何来智慧何自
请班主任去看一看
卢旺达同学有啥了不起
没啥，一个优秀生

① 1994 年的卢旺达大屠杀曾是全世界的痛，如今成为非洲最安全的国家，风景秀丽、发展良好。全国禁用塑料袋，每月最后一个周六为“全民卫生日”，还被世界银行等机构评为最具旅游潜力的国家之一。

②自 2018 年 1 月 1 日起，卢旺达对世界各国免签，各国公民落地签后可停留 30 天。

苏里南

洋春节[①]

在温馨的日子里
在一万七千公里之外
我用中国的客家山歌[②]
吟诵出美妙的诗句
“苏里南江河滚滚
苏里南林木森森
苏里南国土美丽
我们向你致敬”[③]
那是天籁的声音
在我们心灵深处共鸣

①苏里南面积16.4万平方公里，人口59.7万（2018年），华人占11.3%，有6万多人，大多来自我如今生活的中国深圳及周边地区惠阳、东莞。2014年4月，苏里南政府将中国农历新年定为全国性公共节假日，为美洲首次。2015年苏里南过了第一个农历新年。
②汉语中的客家语是苏里南的法定语言。
③苏里南国歌《上帝与苏里南同在》歌词。

斯洛文尼亚

《祝酒歌》[①]

是苦难和劫波
让岁月沉淀成
一曲《祝酒歌》

“长享有自由快乐
没仇敌，只有好邻国
在边疆只有好邻国”

地球村太小
喧闹而荒芜
何时再闻《祝酒歌》

①《祝酒歌》是斯洛文尼亚国歌歌名，诗中第二节为歌词。

瓜得罗普岛

黑胡子与安妮女王①

三百年前的海盗
三百年前的美女
传说着三百年前的故事

在这个月色迷蒙的夜晚
三百年前的海风
扯了扯我的衣袖

①瓜得罗普岛面积943平方公里，人口40万，是历史上著名的加勒比海盗基地。1717年11月，海盗王“黑胡子”抢了一艘运送黑奴的船，装上火炮改造成海盗船，名为“安妮女王的复仇”。

格鲁吉亚

田园故地[1]

小时候
读过第比利斯[2]
地下印刷所的故事
如今哟
斯地如何
印刷所如何
故事又如何
待到“故地”重游时
是否“田园”依旧

①格鲁吉亚国名源于民族名，在希腊语中意为“田园”“农业”。

②第比利斯是格鲁吉亚的首都，也是格鲁吉亚第一大城市。中国的初中语文教科书曾有一篇《第比利斯的地下印刷所》的文章。

安哥拉

造化与人

造化弄人
不弄人
弄不弄人
莫问那满地宝藏①
睡意深沉
莫问卡宾达的树②
树皮和树根

①安哥拉地大物博，未开发的资源非常丰富，很有潜力成为非洲最富有国家，但因内战等原因，现安哥拉仍是世界上最不发达的国家之一。
②安哥拉卡宾达地区的一种神奇的树，树皮是迷幻剂制品来源之一。

尼加拉瓜

遐思

给我一台时光机
再给我一阵风
让我微闭双眼
回到一万年前
在马那瓜湖畔[①]
抑或尼加拉瓜水边[②]
去寻觅古人类的足迹
去邂逅祖先的气息

①②尼加拉瓜及其首都马那瓜之名均源于尼加拉瓜湖和马那瓜湖，尼加拉瓜湖是中美洲最大的湖泊，首都马那瓜是一座美丽的西班牙式城市。这里有一万年前古人类活动的遗迹。

特立尼达和多巴哥

小与大

小小的特立尼达
更小的多巴哥
像一小片“烟草”①
漂流于加勒比海中
却有美丽的萨瓦那②
让大国们顿足捶胸
那一大片和平之绿哟
原是《以自由之爱铸成》③

①特多由特立尼达岛和多巴哥岛组成，分别为4828平方公里和300平方公里。其中多巴哥意为“烟草”，形状也像一支雪茄烟。

②特多首都西班牙港的萨瓦那广场是全世界最大的城市绿地。

③特多国歌名称。

立陶宛

雨[1]

太多的故事
欢乐与忧伤
顿悟与疑惑
不知从何诉说
莫如——
等待下一场雨
再下一场雨
一切从头说起……

①立陶宛国名源于波兰语，意为“多雨水的国家”。

叙利亚

“我瞥见幽深的黎明”

在文明的摇篮里[1]
盛放着和平
也盛着不幸和战争
历史老人默默地记录着一切
“当我把眼睛沉入你的眼睛
我瞥见幽深的黎明
我看到古老的昨天”[2]
回来吧——
“人间若有天堂
大马士革必在其中
天堂若在空中
大马士革与之齐名”[3]

①幼发拉底河流域被誉为“文明的摇篮”，河流贯穿叙利亚东部国境后经伊拉克注入波斯湾。
②叙利亚著名诗人阿多尼斯诗作《你的眼睛和我之间》句。
③阿拉伯谚语。

阿鲁巴

阿鲁巴的爱情①

在阿鲁巴岛上
风儿对露珠说
当爱情消失
我成了你的忌讳
你是否还会
在某个早晨或黄昏
偶尔把我想起

①阿鲁巴面积193平方公里，人口10万（2016年）。这里气候干燥、降水稀少，岛上无河流，热带植物数量不多，只有耐旱的仙人掌等。岛上的景象与加勒比海地区应有的景象大不相同，但岛上文化多元，别有特色。

冈比亚

窗

冈比亚是个小伙子
班珠尔是个好姑娘①
大西洋是你一扇窗
让你看白天的太阳
亮眼，夜晚的月亮
迷茫，最迷人莫过
尘世慵懒

①冈比亚是非洲大陆最小的国家，面积10380平方公里，人口210万（2017年）。班珠尔是冈比亚首都，也是海港。

马约特

马约特之思①

为你写一首诗
名叫马约特之恋
为你唱一首歌
名叫马约特之波
为你许一个愿
名叫马约特之变
为你举一杯酒
在天涯海角
笑天长地久

①1974年和1976年，马约特两次公民投票分别以63.8%和99.4%的比例否决独立。2009年3月30日，马约特全民公决95.2%的投票者赞成在2011年成为法国的第101个省。

泰国

四面佛与红头船

慈悲的四面佛哟[①]
索一副济世良方
你对所有人微笑
深邃的眼眸海一样湛蓝
我有红头船，红头船[②]
请告知我尘世的彼岸

①泰国民间最崇四面佛。

②“红头船”指清代中国潮州与南洋航运远洋船队所用帆船，因船头油刷朱红色而得名。昔日潮汕人乘坐红头船远渡重洋，到海外谋生。

去一次留尼汪[①]

随便登上
某一个高处
随便登上
某一块石头
随便地胡思乱想
随便地东张西望
或者随便等待
下一次火山喷发[②]
抑或——
下一场大雨降临[③]

①留尼汪岛是一个火山岛，面积2512平方公里，是著名的旅游度假胜地。留尼汪法语意为“联合”，为法国大革命后纪念马赛的革命者与国民自卫军的联合而得名。

②留尼汪岛有活火山拉夫艾斯不定期喷发。

③留尼汪岛的塞路斯，1952年3月15—16日，24小时降雨量达1870毫米，成为世界日降雨量最大的地区。

巴哈马

鸟儿问答

粉色沙滩似天堂
天堂岛上有红鹳[①]
鸟问来者何方客
客忧鸟问何时还

①巴哈马意为“浅海里的岛屿”，是个富裕美丽迷人的岛国。有700个岛屿，2400个岛礁，只有30多万人口。有拉丁美洲“鸟类王国”之称，也是世界上红鹳（火烈鸟、红鹤）最多的国家，被称为“红鹳之乡”。粉红色沙滩是巴哈马独特的美景，由红珊瑚被海水冲刷成的粉末构成。

索马里

“非洲之角”遐思[①]

假如郑和再下西洋[②]
是否会到摩加迪沙
三千公里的海岸线
何处可泊船家

①索马里被称为“非洲之角”，有 3200 公里的海岸线，位置优越，但长期战乱、经济落后，是世界最不发达的国家之一。

②郑和第五次下西洋（1417—1419 年），曾到过今索马里首都摩加迪沙。

斯里兰卡

乐土[①]

那一天阳光明媚
我买了一盒“锡兰红茶”[②]
心顿时得以平静
在无情无义的人生中
有茶香的地方就是乐土
即使没有宝石[③]
爱情也能结果

①斯里兰卡旧称锡兰、狮子国、师子国、僧伽罗。在僧伽罗语中意为“乐土”。
②斯里兰卡是世界第一红茶生产国，“锡兰红茶”闻名世界。
③斯里兰卡是世界前五名的宝石生产国，被誉为“宝石岛”“宝石王国”“印度洋上的明珠”。

马里

方向[①]

从南至北
雨林草原沙漠
从北至南
沙漠草原雨林
简单的方向
仿佛启示着
深奥的哲理
犹如杰内古城里的清真寺[②]
在“西非文化摇篮”里
默默见证着贫穷与富裕

①马里是世界最不发达的国家之一，却有“西非文化摇篮”的美称，历史上也曾得到过较好的发展，北部为撒哈拉沙漠。

②杰内古城是入选“世界遗产名录”的古迹。

爱沙尼亚

在“十字路口”①

向前
向前
向前的每一步
都是十字路口

没有方向
都是方向
在每个十字路口
你只有一个方向

①爱沙尼亚在波罗的语中意为“水边居住者”，其首都塔林，历史上曾是连接中东欧和南北欧的交通要冲，被誉为“欧洲的十字路口”。而在爱沙尼亚的历史中，其命运也曾多次站在“十字路口”上。

马耳他

孤独①

你孤悬于
茫茫地中海
孤独地美丽
孤独地甜蜜
上天赐你高贵
命运赐你枯寂

①马耳他国土面积316平方公里，人口50万，被称为“地中海心脏”“欧洲的乡村”“欧洲后花园”。一说马耳他一词来自希腊语，意为“蜜”“甘甜”；另一说来自腓尼基语，意为“避风港”。

博茨瓦纳

叩问生命①

钻石的土地啊
茨瓦纳人的土地
沙漠·高原·湖泊啊
美丽的生命
奥卡万戈沼泽啊②
藏着多少生命奇迹
在卡拉哈里荒漠的黄昏③
一群博茨瓦纳人
叩问着现代生命之谜④

①博茨瓦纳意为“茨瓦纳人的土地”，面积58万平方公里，人口225万（2016年），经济发展较好，钻石的储量和产量居世界前列，但艾滋病等问题突出，是世界上死亡率最高的国家。

②博茨瓦纳西北方的奥卡万戈沼泽是世界上最大的内陆三角洲，多草原和盐沼。

③卡拉哈里荒漠覆盖了博茨瓦纳大部分的国土。

④ 2019 年 11 月，《自然》杂志文章称，通过分析科伊桑人等族群的线粒体DNA，科学家们认为博茨瓦纳正是现代人起源的摇篮。2004 年博茨瓦纳被国际透明组织列为全非洲最不腐败国家，评价高于许多欧洲和亚洲国家。

冰岛

“冰火之国”①

你不是冰
也不是火
你是一尊真佛
无言
开示
你冷冷清清
因而不寂寞
犹如你的千年颂歌
“……对于你一天就是一千年
一千年就是一天……”②

①冰岛面积10.3万平方公里，冰川面积1.3万平方公里，占国土面积1/8；冰岛有100多座火山，也是世界温泉最多的国家；冰岛是欧洲人口密度最小的国家，人口只有34万。
②冰岛国歌《千年颂》歌词。

圭亚那

国父钟阿瑟①

在地球的那一端
大西洋边那个“多水之乡”②
那一个难忘的夜晚
柔情的话语坚韧铿锵
“让我的子民先走
我留下来抵抗”
终于迎来1970年2月23
开天辟地的辉煌，如今哟
假如你在“老人瀑布”旁③
你是否已把那位老人遗忘

①钟阿瑟（1918—2008），1970年2月23日成为圭亚那共和国开国总统，祖籍广东梅县。

②圭亚那在印第安语中意为“多水之乡”。

③圭亚那凯尔图尔瀑布，是世界单级落差最大的瀑布，又叫“老人瀑布”。

贝宁

节日①

在赤道和北回归线之间
一年到头
你有十六个大节日
“凭毅力、勇气、热情
充满欢乐
……
为了子孙后代
不停地建设国家”②
期待着你
把一个个节日
雕刻成精美的画③

①贝宁是世界上最不发达的国家之一，但节日众多，国家一年有十六大节日。1月1日是新年节，12月31日是收获节，其他依次为开斋节、青年节、耶稣受难日、复活节后的星期一、劳动节、宰牲节、耶稣升天节、独立日、圣母升天节、军队日、万圣节、烈士日、国庆日、圣诞节。

②贝宁国歌《新的黎明》歌词。

③贝宁雕刻是世界艺术奇葩，可与古希腊罗马的雕刻相媲美。

几内亚比绍

这是我们亲爱的家乡

雄壮的歌声
铿锵的旋律
《这是我们亲爱的家乡》[①]
“阳光、汗水、芳草、海洋
几百年痛苦和希望
这是我们生息的父母之邦”
开国的卡布拉尔
作词时怀着怎样的思绪
中国的晓河先生
作曲时又是怎样的情意

①几内亚比绍国歌名称，引号内容为歌词。由开国领导人阿米卡尔·卡布拉尔作词，中国作曲家晓河（何同鉴）作曲。

天堂之间[1]

假如没有战争
这里是否只有情人崖的传说[2]
假如没有硝烟
这里的自由将会变得多么寂寞
神秘的马里亚纳海沟哟[3]
你躲在深不可测处
你在想着吞噬爱情
还是在想着掩埋战争

①关岛为美国“非正式的领土”，有“自由天堂”“免税购物天堂”之美称。第二次世界大战中，关岛曾是美军太平洋司令部所在地。

②情人崖是关岛著名的景点。

③马里亚纳海沟是世界上最深的海沟，最深处达 11034 米。

塞拉利昂

木棉之愿①

五百年的木棉树
胸口埋着沧桑呜咽
是奴隶的血
凝成血的钻石②
抑或“迷人”的内战
曾经把理想摧残
大西洋的季候风
高温多雨热烈
翻开历史新的一页
是涅槃不是幻灭

①塞拉利昂首都弗里敦市中心有一棵巨大的木棉树，30 多米高，十几抱粗，逾 500 岁而生机勃勃。这棵树是首都和国家的象征，塞拉利昂的纸币上印着这棵树，学生也常以“我与木棉树”为题作文。

②塞拉利昂曾是欧洲奴隶的主要来源地。塞拉利昂矿产资源丰富，而最有名的是血钻石。

也门

有与无

神奇的国度
有山有水[1]
有古有今
有黑有白
还有美妙的烤全羊
然而，然而
只有一个小魔盒
可以盛放所有宝贝
它叫“和平”之盒

①也门是阿拉伯世界古代文明摇篮之一，拥有3000多年文字记载的历史。境内有山地、高原、沿海平原和岛屿，有2000多公里的海岸线，有亚丁湾，有石油和高质量的棉花，有美味佳肴烤全羊。

乌拉圭

钻石国[①]

形如钻石神更似
橄榄绿连月桂枝[②]
若无自由毋宁死
此处是——
我的祖国我的墓[③]

①乌拉圭风光秀美，社会安定，被誉为“南美瑞士”，又因国土形状如宝石且盛产紫晶石，而被称为“钻石之国”。

②乌拉圭国徽两侧以橄榄枝和月桂枝装饰，象征和平与胜利。

③乌拉圭国歌《乌拉圭之歌》，歌词大意“不是祖国，就是坟墓；不自由就光荣地死”，表达了对自由和祖国的热爱。

布基纳法索

“尊严之国”

走近你的尊严
我尝试走近西非古文明
我尝试用摩西语念“布基纳”①
又尝试用班巴拉语念“法索”②
我尝试问400名同胞
他们与你结缘的故事
我努力想象着他们的传奇
如你奔放神秘的歌舞

①②布基纳法索是西非文明古国，也是世界最不发达的国家之一。“布基纳”在当地摩西语中意为“尊严”“正人君子”，“法索”在当地班巴拉语中意为“国家”。该国现有约400名华人华侨。

安道尔

永远的“公主”①

“我生来是公主，
是两国所共有的少女”②

是的，你娇小玲珑
谁为你拔刀相向

美艳的蝴蝶静静飞过
静静的比利牛斯山哟
还有多少故事被你收藏着

①安道尔是个“袖珍国”，面积468平方公里，人口8.5万。从13世纪末开始，法国和西班牙为争夺安道尔而频发冲突。
②安道尔国歌《伟大的查理曼，我的父亲》歌词。

多哥

吾心似沙

黄昏时分
我在洛美城[1]
依依不舍的落日
迷蒙的大西洋
何以牵挂着眼前
这不谙世事的沙滩
不是未知之恐惧
而是未来之欣然

①多哥是世界最不发达的国家之一，但其首都洛美，南濒大西洋几内亚湾，城南端被绵延十多公里的平坦沙滩环绕，仿佛让人看到未来的希望而满心欢喜地流连忘返。

伯利兹

灯塔[1]

是自然还是宗教
让古老的玛雅山告诉你[2]
白墙红顶的木房子里
敬奉着风雨农地日月神
亘古的哲学多么相近
“我在林荫中繁荣昌盛”[3]

①伯利兹在法语中意为“航标”“灯塔”。伯利兹自然风光秀美，渔业发达，盛产红木（国木）。
②伯利兹原为玛雅人的居住地，有过灿烂的古代文明，信奉风神、雨神、农神、地神、太阳神、月亮神等，均是对大自然的崇拜。
③伯利兹国徽底部的饰带上写着该国谚语“我在林荫中繁荣昌盛”，多像中国人信奉的“绿水青山就是金山银山”。

塞浦路斯

美酒和美神①

我愿唱一支
长长的《自由颂》②
从早晨到黄昏
等着维纳斯降临
怎奈网的世界?
破灭了地老天荒
遂不见了葡萄美酒
遂不见了皮格马利翁③

①塞浦路斯是希腊美神（爱神）维纳斯的故乡。这里日照足，葡萄甜，有7000年的葡萄酒史，《旧约圣经》的《所罗门雅歌》将这里的葡萄喻为美女的甜吻。

②《自由颂》是希腊和塞浦路斯两国的国歌，是世界上歌词最长的国歌。

③皮格马利翁是希腊神话中塞浦路斯的王子，每天为一尊美丽的雕像祈祷而感动上天，遂让雕像变为真美女与其结为夫妻。

“拉脱维亚红”①

红的是一身铠甲
坚硬而苟安
红的是金属美装
沉重而耀眼
试问苍穹之下
哪一段历史不沉重
哪一个民族不耀眼

①拉脱维亚国名源自民族语“铠甲”“金属制的服装”之意。该国国旗呈一种独特的暗红色，国际间习惯称之为“拉脱维亚红”。

莱索托之秋[①]

在马洛蒂山之顶[②]
抑或德拉肯斯山之旁
秋天在召唤

在奥兰治河之畔
抑或卡勒登河两岸
秋天在召唤

准备一万个心愿
在春日撒下种子
待秋天收获希望

①莱索托被南非环绕，是世界最大的“国中国”，面积30355平方公里，人口220万，75%的国土为山地，基础薄弱，资源贫乏，以农业为主，是世界最不发达的国家之一。但莱索托对教育非常重视，教育孕育着国家希望。

②莱索托国内主要山脉是马洛蒂山和德拉肯斯山，主要河流是奥兰治河和卡勒登河。

新西兰

毛利语与哈咔舞

那不是毛利语[①]
是一首美丽的诗
那不是哈咔舞[②]
是善良而好奇的人们
对同样神奇的世界
热烈的问候，噢
不是远古的复活
而是心灵的回归

①毛利语是新西兰的官方语言之一，有一种独特的诗歌感觉和音乐性。
②哈咔舞（Haka），毛利人的传统舞蹈，是一种集动作、拍打配以叫嚷和哼声的团体舞蹈。

大溪地不屑辞令[1]

大溪地不屑辞令[2]
目空一切的静美
诠释着水的形象
让匆匆的繁华
在喧嚣中汗颜
苍穹把尘世看在眼里
世界浩荡辽阔
岁月默然无语

①②法属波利尼西亚意为"许多的岛",全境由118个岛屿组成,其中的塔希提岛(也有译为"大溪地")是最大的岛。这里环境优美,气候宜人,物产丰富,居民称自己为"上帝的人",外国人认为这里是"最接近天堂的地方"。

利比里亚

贫与富

所有的称呼[①]
都关乎财富
所有的财富
都关乎幸福
在异国他乡
我莫名地想起了海子[②]
那些“解放”和“自由”
在“单纯”之前，或之后

①利比里亚国名在英文中有“解放”“自由”之意。利比里亚是世界最贫穷的国家之一，却有着诸多美誉：“非洲大门”“谷物海岸”“商船王国”“天然橡胶王国”等。

②海子（1964—1989），中国诗人。

马提尼克岛

“世界上最美的国家”①

蕉林牵着蔗园的手
逃匿了
花之岛何其孤独②

沙滩搂着火山的腰
隐去了
大海哟何其寂寞

落日斜阳空惆怅
谁把美丽遗落于
惆怅人间

①哥伦布曾把马提尼克岛誉为“世界上最美的国家”，景色秀美，有火山、海滩、甘蔗、香蕉、菠萝、棕榈树等。
②马提尼克岛原名叫“马地尼那”，意为“花之岛”。

尼日尔

“前进”

想向撒哈拉请教
致富之道
撒哈拉默然不语
却以日出日落
仿佛向世人开示
“让我们每个人，
响应未来对我们的号召：
前进！”[①]

①尼日尔国歌《尼日尔之歌》歌词。尼日尔是世界上最热的国家之一，早晚温差大，也是世界上最不发达的国家之一。

古与今

沉默的岩画
如何描摹
万年前的洪荒

辽阔的乍得湖[①]
如何宣读
百年后的密码

①乍得之国名源于乍得湖。乍得湖 7000 年前达 33 万平方公里，现也有 1.7 万平方公里。公元前 7000 年就有大量人口在乍得聚居，乍得现今是世界最不发达的国家之一。

越南

战争与和平

战火战火战火
从河内到西贡
硝烟硝烟硝烟
从高山到平原
看得见的惨烈
看不见的敌人
莲花清香莲心苦[1]
和平之光啊
总会在雨后降临

①在越南，民间以莲花为国花。在新冠肺炎肆虐时，民间盛传以莲可治病。

圣徒与太子

路崎岖
天欲雨
圣徒·太子·奴隶[①]
可可·咖啡·血迹[②]
虐待·掠夺·死意[③]
啊——路崎岖
天欲雨
莫道正道沧桑哟
但见天地迷离

---

①圣普是世界最不发达国家之一，面积1001平方公里，人口20.4万（2019年）。圣多美以耶稣12门徒之一“多美”之名命名，普林西比意为“太子岛”。圣普地势崎岖，终年湿热，一年中有半年下雨，物产以可可、咖啡为主。

② 1909年，英德两国的巧克力制造商因圣多美的种植园合同工全是奴隶而联合抵制圣多美生产的可可。

③当初殖民者虐待致大量奴隶死亡，故圣普又有“死亡之岛”之称。

科索沃

格拉查尼察修道院①

一砖一石
藏匿着多少故事
一花一树
望不尽天涯之路
一真一假
笑历史如何抉择
一风一雨
叹时空变幻依旧

①格拉查尼察修道院2006年被列入世界文化遗产名录，也是濒危的世界文化遗产，在塞尔维亚自治省科索沃境内。科索沃2008年2月单方面宣布独立。

圣马力诺

世界因你而起

人们总是忘记
你到底有多“袖珍”①
但人们不应忘却
世界因你而起②

正如你用
一枚小小的邮票③
巧妙地诠释着
天涯若比邻

①圣马力诺面积 61 平方公里，人口 3 万多，是仅次于梵蒂冈和摩纳哥的欧洲第三小国。

② 1243 年，圣马力诺成为世界上第一个共和国。

③圣马力诺盛产精美邮票，供集邮爱好者收藏，邮票也是该国的主要收入来源。

特克斯和凯科斯群岛

飓风何意[①]

这里干燥温暖
而飓风何意
莫非想提醒
四万民众
在岛国之外
还有神秘的主宰
抑或想告诉你
这茫茫大海之中
许多许多岛屿
原是印第安的土地

①特克斯和凯科斯群岛由40个小岛组成，其中8个岛有居民共44819人(2010年)。气候温暖宜人，5—10月为飓风季节，约每隔10年会有飓风侵袭。这里原为印第安人中的阿拉瓦克部族和卢卡约斯部族的居住地。

幽默与哲学

一个小岛
二国分治[1]
三百年相安无事
四通八达自由行
是幽默，还是哲学
哲学是最严肃之幽默
幽默乃最高级之哲学

①圣马丁岛北部法属52平方公里，南部属荷兰，34平方公里，但岛上自由往来，无须办证。

巴布亚新几内亚

来自天堂的神鸟①

何谓极乐
我心向着太阳
凭什么惊艳世界
区区一根羽毛
大海茫茫苍穹渺
此心安处即故乡
还有一只天堂鸟
来自中国台山②

①巴布亚新几内亚为大洋洲第二大国。其国鸟为其独有的极乐鸟，又叫“天堂鸟”（来自天堂的神鸟），还有“太阳鸟”“女神鸟”之美名。极乐鸟之羽毛极鲜艳，欧洲妇女多以其羽为帽饰。

②华裔陈仲民（1939— ）祖籍中国广东台山，曾于1980—1982年、1994—1997年两度出任该国总理。任职期间也曾回台山省亲。

一样的故土一样的亲[①]

——访台遐思

漂泊的故土哟
一样的踏实
游子的拥抱哟
格外的真挚
垦丁人的后裔[②]
为何唱着我的乡音
古老的潮州哟
同是我们遥远的根

眼前的太平洋一样的湛蓝
脚下的白沙滩一样的温软
身旁的翠绿是一样的山峦
半山腰上一样有几间
似曾相识的茅草房
好看的是一样的黄色皮肤
好听的是一样的小城故事[③]
好吃的是一样的农家小菜
好喝的是一样的杏仁甜汁

多想捧一捧海峡的风
空气里弥漫着故园的梦
忍不住亲了亲你的猫鼻头[④]
俏皮的你现出会心的笑容

同样的海峡柔波
怎么剪也剪不断
同样的妈祖佛陀
怎么理也理不乱
同样的八卦五行
同样的风水罗盘
同样的夕阳炊烟
同样的秋色如霜
千百年血脉相连哟
怎在乎天各一方

——作于 2012 年 10 月

①见作者诗集《禾火集》。
②"垦丁"为台湾南部一个地方名，清朝光绪年间大批的潮州"壮丁"来到该地垦荒，因而得名。
③邓丽君经典歌曲。
④台湾南部垦丁的一个景点。

坦桑尼亚

寻思

在乞力马扎罗山高处[1]
我望眼欲穿
寻觅古人类之发祥地
我满眼迷茫
大地有意
光阴无言
谁盼未来辉煌
谁叹古今沧桑

①乞力马扎罗山在坦桑尼亚东北部，海拔5895米，乃非洲最高峰。坦桑尼亚是古人类发源地之一，也是当今世界最不发达的国家之一。

布隆迪

山国①

在埃哈峰之巅
远古的风徐徐吹过
山国高原的清凉
消弭了赤道焦热
多少高远的怀想
在历史的天空闪烁
何处飞来矫健雄鹰
携夕阳遥问大地如何

①布隆迪平均海拔 1600 米，有“山国”之称，其中位于中西部的最高峰埃哈峰，海拔 2670 米。

科摩罗

月亮之国[①]

天珠遗落印度洋
伊兰伊兰鹰爪兰
嫦娥款款踟蹰步
莫须问——
只缘岛国迷人香

①科摩罗被誉为“月亮之国”，组成该国的四个岛屿被誉为印度洋“四明珠”。该国香料产量居世界前列，因此也被称为“香料之国”，最有名的香草叫“伊兰伊兰”，还有丁香、鹰爪兰等。

法罗群岛

成功者与失意者①

这是成功者的福地
在窗边听雨
或者望着窗外阴郁的天
脸上露出笑意

这是失意者的天堂
在窗边听雨
或者望着窗外阴郁的天
脸上露出笑意

①法罗群岛面积1399平方公里，人口约4.85万（2018年）。该岛常年有大风大雨天，平均每年有260个降雨日，其余常为阴天，晴朗天稀少。

海峡群岛

硝烟里的美丽

根西与泽西①
美丽俩姊妹
高矮胖瘦异
在那个黄昏
当我漫步海滩
清风徐徐，花香鸟语
猛抬头，大海迷离
但见法兰西之诺曼底
仿佛二战之硝烟未去

①海峡群岛，法语称诺曼底群岛，面积194平方公里，人口16.4万。由两个大岛根西（65平方公里）、泽西（116平方公里）和多个小岛构成。景色秀美，是有名的游览胜地。

毛里求斯

一枚纸币[①]

一枚25卢比的纸币
留住了多少美好
渡渡鸟走了[②]
温柔还在
马克·吐温走了[③]
天堂还在
火山国凉热宜人[④]
而瑞士太冷

①1998年，毛里求斯在其25卢比的纸币上印上了该国财政部部长朱梅麟的头像，以纪念朱梅麟对国家的贡献。朱梅麟来自中国广东梅县。

②渡渡鸟为毛里求斯国鸟，性情温顺笨拙，毛里求斯曾是全世界唯一有渡渡鸟的地方，渡渡鸟于17世纪绝迹。

③马克·吐温曾说，天堂是仿照毛里求斯的样貌打造出来的。

④毛里求斯是个火山岛国，是非洲三个发展指数达到“高”级别的国家之一，被称为“非洲瑞士”。

心与境

在科巴尔谷地[1]
任凭极目远眺
也望不到红海
更望不到对岸的
也门和沙特
但我依然心心念念
只觉得风景如画
而心生凉意

①厄立特里亚东隔红海与对岸的也门和沙特相望，科巴尔谷地是非洲最低最热处，低于海平面75米。

直布罗陀

天气

伫立于塔里克之山[①]
南望非洲大陆
那么清晰，当然
须是天气晴好时

小小的地中海哟[②]
愿你天气晴好
小小的地球村哟
愿你脾气晴好

①“塔里克之山”是一块伫立于直布罗陀海岸边的巨大岩石。
②直布罗陀海峡是地中海通向大西洋的唯一出海口。直布罗陀市5.8平方公里，人口3万。

马恩岛

男人的本色[1]

在英伦三岛[2]
唯独你最男人
无须夹着尾巴
你是无尾的猫[3]
从不轻言放弃
你是四角的羊

①马恩岛又译曼岛，面积572平方公里，人口80058（2006年）。当年开垦荒岛的男人，开垦成功后才将妻儿接到岛上，故又称“男人岛”。

②英伦三岛指不列颠岛、爱尔兰岛和马恩岛。

③无尾猫和四角羊是马恩岛特有的动物，其中无尾猫是有名的宠物猫，是世界八大名猫之一。

蒙古

永不熄灭的火①

这团火
缘于天空亘古的寂寞
缘于高原草原沙漠湖泊
缘于奔驰的骏马懒散的牛羊
缘于土豆小麦白菜萝卜
缘于劳绩和辽阔
缘于诗意地栖居
还缘于善良的沉默
……

①蒙古在蒙古语中意为“永不熄灭的火”。蒙古国是世界上人口密度最小的国家，156.65万平方公里的国土却只有300万人口。

别了，吴哥窟[①]

你是一部残破的史书
厚重而沧桑
你是一曲不绝的挽歌
凄厉而悲壮
你是五千道滴血的伤痕
无情的岁月早已把它风干
你是亿万颗酸楚的泪珠
如今只沉淀为一泓深潭
你是浓缩的一个世界
只恨辉煌不再令人意兴阑珊
你是凝固了的繁荣富强
却带给后人更多的迷茫
你是高耸的灯塔
永远闪烁着古老文明的光芒

你的千疮百孔
恰似一道道冷冷的目光
在烈日下刺得我震颤、震颤
你是虔诚而痴心的信徒
直把这美妙世界跪成地老天荒
纵使体无完肤衰老不堪
你仍然昂着高贵的头颅
为不肖子孙忏悔
为人类和平祈求上苍
你是残阳里的浴火凤凰
忍受着极大的创痛
只为了涅槃、涅槃！

——作于2005年4月

①见作者诗集《禾火集》。

不丹

幸福的密码①

在西藏的边陲②
藏着幸福的密码
库拉康日山不知道答案③
马纳斯河不知道答案
冰川和森林不知道答案④
甚至野罂粟和雪豹也不知道
或许不丹人知道
但他们并不在乎答案

①不丹是世界上最后一个开放电视和网络的国家，是世界上最不发达的国家之一，却是幸福指数最高的国家之一。

②不丹在梵语中意为“西藏的边陲”。

③不丹的地势高低悬殊，北部海拔最高的库拉康日山达 7554 米，东南地区海拔最低的马纳斯河海拔只有 97 米。

④不丹的冰川占国土面积的 10%，森林覆盖占国土 72%，由于环境好，境内有野罂粟和雪豹。

开曼群岛

是与否[①]

不是天堂
不是地狱
只是开曼群岛

没有错爱
没有恨意
只有凉风习习

①开曼群岛面积264平方公里，人口64174（2018年），是世界著名的“避税天堂”。

摩纳哥

蒙特卡罗的悖论[①]

我歌颂财富与权力
可恨财富终将死去
权力也终将死去
犹如鲜花与美貌
犹如谎言与幻影
只见思想的弱光
和失落的善良
永恒地活着

①摩纳哥是欧国四公国（其他三国为列支敦士登、卢森堡、安道尔）之一。面积2.02平方公里，人口3.8万，以博彩、银行、旅游为主业。极富裕，有“世界赌城”之称，其中蒙特卡罗大赌场是欧洲最古老的赌场。

巴巴多斯

朗姆酒作主①

持一壶朗姆酒
微醺，逆时针
巡加勒比海
过卡伦海滩②
让时光倒流
眼前的一切
幻化成
无边无际的
无花果树

①巴巴多斯是加勒比海富国，据说国名来自发现该岛的葡萄牙人对岛上遍地的无花果树的称呼。甘蔗和由甘蔗酿造的朗姆酒是该国特产。
②卡伦海滩曾被评为世界十大美丽海滩之一。

百慕大

谜

五百年前的某一天
天色阴沉诡异
一个西班牙人[①]
——“到此一游”
从此
世界少了一块净地
人间多了一个“谜”

① 1503年，西班牙探险家胡安·百慕大首次发现该岛，遂以自己的名字名之。百慕大总面积71平方公里，人口6.65万（2008年估计）。“百慕大三角”的“魔鬼岛”传说林林总总，如一个“谜”。

文莱

古老而新鲜

博物馆里陈列的不是中国瓷器①
而是一个个关于海洋的传说
犹如那啼血的杜鹃②
古老而新鲜
当我伫立于南京雨花台
看到的也不是浡泥国王墓③
而是一段美好的历史
古老而新鲜

①多年前我在文莱的博物馆参观，看到琳琅满目的中国古瓷器，浮想联翩。
②康定杜鹃为文莱国花，源自黄帝之时，有杜鹃啼血之说。传说传至文莱的第一天，文莱上空出现紫霞，国王遂定为国花。
③文莱古称浡泥国，明永乐年间，浡泥国王麻那惹加那曾亲率使臣来中国拜见明成祖，不幸病故，葬于南京，留有浡泥国王墓。

塞舌尔

孤独国①

域外天堂岛
亲亲龟鸟声
姹紫嫣红里
细端详——
九万宠物人

①塞舌尔由115个大小岛屿构成，面积451平方公里，人口只有90024（2012年）。该国是天然植物园，有500多种植物，其中80多种在世界其他国家找不到。该国有海龟岛、鸟雀岛、昆虫岛、贝壳岛等。人在该国如“宠物”，动植物才是真主人。

列支敦士登

护花

黄百合
野百合
山百合
药百合
家百合
喇叭筒[1]
假如你爱它
请让它拥有六个名称
它是这个国家
骄傲的国花

①以上六种花都是同一种花。

亲

在奥巴马山[1]
看万物可亲
圣约翰
圣彼得
圣乔治
圣玛丽
圣保罗
圣菲利普[2]
人中杰，皆吾邻

①奥巴马山原为安提瓜和巴布达（两岛组成一国）最高峰博吉峰，2009 年 8 月更名为奥巴马山以纪念奥巴马为美国首位非裔总统。

②以上六“圣”为该国六个行政区名称。

英属维尔京群岛

故事

你跟我讲一个
关于“fungi”的故事①
我迷迷糊糊

犹如我跟你讲一个
关于“拆迁”的故事
你挠腮抓耳

①维尔京群岛面积153平方公里，人口只有3.1万（2016年），居民生活富足。“fungi”是维尔京的传统音乐，也有口述历史的作用。

凝望

海与天
山与云
香蕉与葛粉
圣文森特与格林纳丁斯[①]
世界通行无阻
蓦然回首，何时
只剩美丽与孤独

①圣文森特和格林纳丁斯是个火山岛国，国土面积389平方公里，人口11万（2017年），主要经济作物是香蕉，是世界最大的葛粉生产国。

中国澳门

21点[①]

轮盘骰子百家乐
德州扑克角子机
你的21点
我的夜九时
你的一场大搏杀
我的半锅腊味饭[②]

①澳门是世界有名的赌城，21点以及诗中的轮盘、骰子、百家乐、德州扑克、角子机，都是博彩的方式。

②腊味饭是澳门平民美食之一。

斐济

是谁

是谁把332颗珍珠①
遗落于太平洋之西南
是谁在一大块翡翠上
描摹了332幅画图
是谁将332个传说
捏成一个美丽的神话
深海之精灵也闻讯而来②
而我，在万里外之中国
遥望你鲜艳的扶桑③
你们亲切地称它中国蔷薇
我母亲则说那叫大红花

①斐济由332个岛屿组成。
②斐济渔业发达，至今保留着一个神秘的传统：将深海鱼群呼唤到浅海捕捞。
③扶桑花是斐济国花，又叫中国蔷薇、大红花、木槿花。

圣卢西亚

亚马逊鹦哥①

有家也难归
因为你必须飞
去觅食，或去偷吃

在途中
你必须尖叫
是寂寞，还是孤独

①亚马逊鹦鹉(鹦哥)是圣卢西亚的国鸟。圣卢西亚是个火山岛，面积616平方公里，人口 17.6 万（2017 年）。

东帝汶

檀香木①

我抚摸着一节檀香木
它来自东帝汶
一面刻着“自由·尚武”
另一面刻着“民生·温饱”
当我闭目沉思时
一阵凉风吹过
谁看见了我嘴角的笑
和我眼角的泪

①东帝汶是世界最不发达的国家之一，咖啡、橡胶和紫檀木有“帝汶三宝”之称。

新喀里多尼亚

美丽的名字

当年库克船长①
究竟看到了什么
为何给一个孤岛
起一个美丽名字
“新苏格兰”
是热爱，抑或留恋
美丽的名字啊
淡淡的乡愁

①新喀里多尼亚面积19060平方公里，人口310390（2010年）。1774年，库克船长（1728—1779，英国海航家、探险家）成为第一个到达该岛的欧洲人，并为该岛起名，“喀里多尼亚”是苏格兰的拉丁语称谓。

多米尼克

沸腾湖①

把地底的喜怒哀乐
化作一团热爱
在升腾中，再次升腾
笑问光阴为何不死

想告诉世人
那些鸿蒙故事
还是想开示未知
哪些变幻莫测

①多米尼克曾被列为世界前10位生态旅游热点地区，森林覆盖率80%，人口只有7万多。其中沸腾湖是加勒比海一大奇观，也是世界现存唯一活动的沸腾湖，水温82—92℃，有2—3米水柱，喷水时山谷轰鸣，甚为神秘壮观。

格林纳达

在“香料之国”①

怀揣着
忧郁胭脂②
流连于
海底火山
大唐湖③
八千次问飓风
一万次问圣乔治④
那些浪漫与踟蹰

①格林纳达肉豆蔻产量曾占全球三分之一，被称为“香料之国”。

②格林纳达忧郁胭脂海滩沙细而白、美丽迷人。

③格林纳达大唐湖是世界最壮观的海底火山之一。

④格林纳达多飓风。圣乔治是格林纳达首都，人口1万（格林纳达344平方公里，2017年人口为11.23万）。

老挝

送瘟节

假如有的传说
不是传说
我愿面对苍穹
在每一天
我双手合十
跪下——
愿檀木之香驱散妖雾[①]
愿万佛把瘟神送上西天[②]

①老挝首都万象，意为“檀木之城”。
②每年老挝“万佛节”（佛历七月、公历6月）又叫送瘟节。

国歌响起

当五万七千人
在二百六十七平方公里的土地上
唱响一曲《哦，美丽之地》[1]
圣基茨为之自豪
尼维斯为之倾倒
让歌声唱彻加勒比
“为了自由和正义
我们站得稳固
拥有智慧和真理
我们光荣地为你服务”

①圣基茨岛面积174平方公里，尼维斯岛面积93平方公里，国土面积共计267平方公里，全国共有人口5.7万（2017年）。《哦，美丽之地》是国歌，诗中引号部分为国歌歌词。

格陵兰岛

保护神

绿色有多冷，极昼与极夜
尘世啊，没有冷清，何来冷静
你以寒冷保卫世界
无论世界魂归何处
啊，格陵兰①
你是地球之圣

---

①格陵兰岛是世界最大岛屿，面积 216.6 万平方公里，人口 76186（2018 年）。终年冰雪覆盖，却有一个温暖的名字“绿色的土地”（丹麦语）。格陵兰年平均气温 0℃以下，最冷的东部内陆地区最冷达 -70℃，若冰层融化，全球海平面将上升 7 米以上。

梵蒂冈

光

如一个小小村庄[①]
禁锢于铁壁铜墙
谁能言此情何感

大千世界不过方寸之间
自带光芒者何须借光
自悟者自拔自迷者迷茫

①梵蒂冈是“国中国”，位于意大利罗马，面积0.44平方公里，常住人口800（2019年），是世界上最小的国家，却是全世界天主教的中心，世界六分之一人口心中的圣地。梵蒂冈意为“先知之城”。

灰[①]

记载历史的
不是青山绿水
也不是蕉林田园
而是蓝天白云之下
浩瀚大海之上
那一抹痛苦的灰

①火山灰。蒙特塞拉特是一个火山岛，长 18 公里，宽 11 公里。始于 1995 年 7 月 18 日的火山爆发让超过三分之二的居民纷纷逃往外国。1997 年 8 月，英国政府宣布自愿撤离计划，为愿意离开岛屿的居民提供资助。

圣巴泰勒米岛

五百年前的阳光①

拾荒者灿烂的笑容
和大富豪紧锁的眉头
在阳光下舒展
天空分不清孰富孰贫②

犹如他们不知道
五百年前哥伦布到来时
是早晨，抑或黄昏
那时天空如何、大海如何、阳光又
如何

①圣巴泰勒米岛是1493年哥伦布第二次远航美洲时发现的，以其兄弟同名的圣人命名。面积21平方公里，人口5038（1990年）。

②圣岛南海岸是美丽的沙滩。人们同沐阳光下，分不清拾荒者和富豪。

安圭拉

美丽的“鳗鲡”①

天高云淡海水蓝
“鳗鲡”多姿鱼满舱
何处热风来
独步天地间
我想速逃离
却有人告诉你
此处是天堂

①安圭拉西班牙语意为“鳗鲡”，因岛形狭长似鳗鱼而得名。面积96平方公里，人口13452（2013年）。该岛湿热，以出口鱼虾为主业。

在六千人的村庄里①

每一个日出日落
都让人望穿秋水
在每一个夜晚
我渴望有人敲门

①圣皮埃尔面积242平方公里，由八个小岛组成，人口6300（2011年）。

马尔维纳斯群岛

问

茫茫宇宙的一个点
谁称地球
蓝蓝星球的一个点
谁在问
是马尔维纳斯
还是福克兰①
让后人
去问祖先

① 1982 年，英国和阿根廷因争夺马岛（英国称福克兰岛）发生战争。

所罗门群岛

门

我祈愿
用所罗门王的黄金[1]
去打造无数的金钥匙
去打开所有人的心门
可是美丽的地球啊
你何时竖起了
无数
打不开的门

① 1568年，当西班牙航海家内拉抵达这里时，看见土著居民的身上都佩戴着金光闪闪的黄金饰物，以为找到了《圣经》中所罗门王的黄金宝库，于是取其名为所罗门群岛。